Gabriela Stockmann
Hundeleben

Zur Autorin:

Gabriela Stockmann wurde 1959 geboren. Sie ist ausgebildete Volksschullehrerin und arbeitet als Journalistin in Baden bei Wien. Sie lebt in Bad Vöslau.

Bisherige Veröffentlichungen:
Gedichte und Kurzprosa in der Literaturzeitschrift „Das Pult" (80er-Jahre, St. Pölten)
„Verbotene Liebe", 1999, Döcker-Verlag, Wien; Hg. mit Julius Mende

Zur Illustratorin:

Pia Falcioni ist Malerin und Grafikerin. Sie lebt und arbeitet in München.
www.falcioni-art.de

Gabriela Stockmann
Hundeleben
Erzählung

edition
WEINVIERTEL

Reihe: Zeitgenössische Autorinnen/Autoren

*Ich danke „Putzi" für die Inspiration,
dem „literaturforum wortreich" in Baden für die Motivation
sowie Andrea, Gertraud, Lilo, Lotte und Sabine
für Kritik und Bestärkung.*

*Jedwede Ähnlichkeit mit tatsächlich existierenden Personen
ist zufällig und unbeabsichtigt.
Die Handlung ist reine Fiktion.*

Umschlaggestaltung & Fotografie
Pia Falcioni
www.falcioni-design.de

1. Auflage 2008

Copyright © „Edition Weinviertel"
A 3482 Gösing/Wagram
Tel. u. Fax: (+43) 02738/8760
e-mail: edition.weinviertel@utanet.at
Das gesamte Verlagsprogramm finden Sie unter
www.edition-weinviertel.at

Druck: Ernst Becvar Ges.m.b.H., Wien

ISBN 978-3-902589-01-9

Prolog

Mein Name ist Putzi. Luise hat diesen Namen aus dem Himmel geholt, als sie an einem ungewöhnlich heißen April-Nachmittag im Jahr 2006 am Ufer des Po lag. Ein Sportflugzeug flog ziemlich tief genau über diesen Fluss, als wollte es gerade landen. Dann war es dahin. Über der Sandbank flimmerte die Luft, das schmutzige Wasser zog träge vorbei. Ein gespenstischer, lautloser Vogelschwarm verdunkelte die Sonne. Flüchtiger Schatten auf der Sandbank und dann im Wasser. Es war ganz still.

Um genau zu sein: Luise hat nicht nur meinen Namen aus dem Himmel geholt, es gibt mich wirklich, hier auf der Erde. Nur hat mich Luise schon lange nicht mehr gesehen. Und weil es an diesem April-Nachmittag so still war, ist Luise meine Stimme wieder eingefallen. Ich habe nämlich eine sehr einprägsame Stimme, um nicht zu sagen, eine sehr ekelhafte. Das ist wahrscheinlich der Grund, warum mich nicht viele Leute kennen.

Teil I

The first cut is the deepest.
Rod Stewart

Begegnung I
(Ich versuchte, sehr freundlich dreinzuschauen)

Meine Mutti, die Tina, zeigt mich nicht gerne her. Ich glaube, sie geniert sich ein bisschen für mich. Das wundert mich nicht, denn ich sehe wirklich nicht besonders schön aus.

Die Luise war sicher irritiert, als sie mich zum ersten Mal gesehen hat. Sie hat mich zuerst nur reden gehört, irgendwo im Zimmer. „Mutti, wer ist da?", habe ich quäkend und quietschend und vor allem sehr laut gefragt. Ich hab nämlich bemerkt, dass meine Mutti mich verstecken wollte, im Kasten, wo das ganze Bettzeug verstaut war. Ich sollte wohl auf keinen Fall entdeckt werden, da heroben auf dem Regal im Schlafzimmer, neben meinem Kompagnon Poldi. Irgendwie war die Mutti nervös, sie stopfte mich in das mittlere Fach.

Aber ich bin, plumps, wieder herausgefallen und am Boden liegen geblieben.

Die Mutti hat es dann nicht übers Herz gebracht, mich da einfach liegen zu lassen. Sie hat mich hoch gehoben. Ich hab ihr Herz schlagen hören. Sie hat gerade ein neues Versteck für mich suchen wollen, da stand die Luise schon in der Schlafzimmertür. Und ich hab mich gleich extra laut bemerkbar gemacht, einfach um die Mutti zu ärgern. Ich mag es nämlich gar nicht, wenn ich versteckt werden soll.

„Das ist die Tante Luise", sagte die Mutti zu mir, leise, und etwas verlegen. Eigentlich hab ich es eh schon gewusst, denn die Mutti hatte mir schon von ihr erzählt. Manchmal, wenn sie mit dem Onkel Peter gestritten hatte, da war auch die Rede von der Luise gewesen. Nach so einem Streit hat meine Mutti manchmal geweint und ich bin dabei immer ganz nass geworden und hab mich nicht getraut, etwas zu sagen.

Die Luise stand also in der Tür und ich hab gleich gemerkt, dass sie irgendwie erschrocken war, vielleicht doch mehr wegen meiner Mutti als wegen mir. Meine Mutti hat zu dem Zeitpunkt tatsächlich nicht besonders gut ausgesehen; sie war noch ein bisschen krank und hatte eine Jogginghose an, mit der sie noch dünner aussah als sonst. Ihre Haare waren durcheinander und in ihrem blassen Gesicht schauten die dunkelbraunen Augen noch größer aus, wie zwei Tiere, die in Höhlen hocken. Mutti hat mich schnell hinter einem Polster versteckt. Aber ich habe nicht locker gelassen und laut und deutlich gefragt: „Ist die Luise lieb?" Ich wollte mich einfach bemerkbar machen, schließlich war es ja wirklich ein Hundeleben, vor allen Leuten versteckt zu werden. Als ob's mich gar nicht geben hätte sollen.

Mit dem Poldi, meinem Kompagnon, war auch nicht viel anzufangen. Er schlief schon damals die ganze Zeit, das faule Schwein. Auch wenn ich schon alt war und sicher hässlich aussah – aber ein bisschen Beachtung hätte ich doch trotzdem verdient.

Bevor Mutti auf meine Frage noch antworten konnte, sagte schon die Luise „Na sicher ist die Luise lieb." Da war sie mir gleich sympathisch. Endlich jemand, der meine Existenz wahrnahm, sogar ohne mich mit den Augen zu erblicken. Jetzt musste mich die Mutti doch hinter dem Polster hervorholen und herzeigen. Ich versuchte, sehr freundlich dreinzuschauen, mein Gesicht war ja immer noch halbwegs passabel – fand ich halt. Aber wenn man nie mit jemand anderem reden konnte als mit der Mutti und höchstens noch mit dem Onkel Peter, dem ich aber meistens nur auf die Nerven ging, wie sollte ich dann wissen, wie ich wirkte?

Für meine quäkende Stimme kann ich nichts. Ursprünglich war ich ja stumm: Meine Mutti hat mir diese Stimme gegeben; das ist schon lange her.

Jetzt streckte sie mich doch etwas verschämt vor Luise hin. Die kannte sich nicht ganz aus, war sichtlich durcheinander, vielleicht sogar erschrocken. Einen Moment lang dachte ich, sie wollte gleich wieder gehen. Aber dann hat sie mich doch richtig angeschaut und zaghaft gelächelt. „Und wer bist denn du?", sagte sie zu mir, in so einem Tonfall, mit dem man – glaub ich – zu kleinen Kindern redet. „Ich bin die Putzi", sagte ich. „Magst du mich angreifen?"

Die Mutti schimpfte mit mir. „Sei nicht so aufdringlich, Putzi!", sagte sie in dem strengen Ton, den ich so an ihr hasse. Was ist schon dabei, sich angreifen zu lassen? Ich rückte ganz nahe an die Luise heran und sie berührte mit ihrem Zeigefinger meine Schnauze. Das hatte schon lange niemand mehr gemacht. „Aaaah", stöhnte ich begeistert. Gleichzeitig merkte ich, dass ich der Mutti peinlich war, sehr peinlich sogar. Sie wollte mich wieder hinter dem Polster verstecken. „Ich will bei euch sein", quengelte ich deshalb.

Luise schaute von mir zu Mutti und wieder zu mir zurück Sie brauchte ein paar Augenblicke, bis sie merkte, dass meine Stimme aus dem Mund meiner Mutti kam und dass sie es trotzdem mit zwei verschiedenen selbstständigen Wesen zu tun hatte.

Darauf lege ich nämlich schon Wert. Ich bin ganz eigenständig, mindestens so eigenständig wie die Menschen.

„Darf ich bei euch sein?", fragte ich, auch wenn es vielleicht wirklich aufdringlich war. Aber ich merkte schon, dass die Luise nicht wirklich Nein sagen konnte.

Vielleicht war es ihr auch egal und sie nahm mich nicht so wichtig, eine alte zerfetzte Hundedame. Naja, und die Mutti kann sowieso ganz schlecht Nein sagen, ehrlich gesagt praktisch nie. Und jetzt, wo ich mich schon so gut in Szene gesetzt hatte, da konnte sich keine von den zweien wirklich gegen mich wehren. Vielleicht fand mich die Luise ja sogar ein wenig lieb und dachte sich: „Was soll's, ein Stofftier kann ja ruhig mit uns im Wohnzimmer sitzen."

Die Luise setzte sich auf das Futon und ich durfte im Fauteuil gegenüber von ihr sitzen; ich konnte sie richtig anschauen. Ich war ganz stolz und beschloss, brav zu sein. Kaum hatte ich das freiwillig beschlossen, sagte auch schon die Mutti zu mir: „Aber brav sein, Putzi!" Und sie rückte mich in eine bequeme Stellung, mitten in dem großen Fauteuil. Ich schaute absichtlich traurig drein, so, als wäre ich sowieso nie jemals anders als brav und als bräuchte man mich dazu nicht extra auffordern. Das war ein bisschen scheinheilig, das geb ich heute gerne zu. Ich weiß schon, dass ich damals nicht immer brav war.

Die Mutti hatte sich neben Luise auf das Futon gesetzt. Aber dann war sie irgendwie unruhig. Ständig sprang sie auf, machte Tee und legte Musik auf. Dann zündete sie eine Kerze an oder mehrere. Was die zwei Frauen miteinander redeten, verstand ich nicht, obwohl ich mucksmäuschenstill war.

Ich hatte zwar schon viel gelernt, ich bin ja nicht blöd. Aber am besten verstand ich doch das, was man mit mir direkt redete, oder wenn die Menschen einfache Worte verwendeten und kurze Sätze. Aber weil ich die Worte nicht so gut verstehe, die die Menschen zueinander sagen, versteh ich umso besser ihre Gefühle. Das war immer schon so.

Die Mutti kam mir jedenfalls komisch vor, das muss ich schon sagen. So unruhig wie an diesem Nachmittag war sie selten. Die Luise hingegen ist immer nur dagesessen ohne irgendwas zu tun, und sie redete auch wenig, sie erinnerte mich ein bisschen an meinen Kompagnon, das faule Schwein Poldi.

Vielleicht kam sich die Luise auch durch mich beobachtet vor und war dadurch vorsichtig. Vielleicht hatte sie aber auch schon auf mich vergessen, weil ich eben so mucksmäuschenstill war. Irgendwie hat die Luise meine Mutti die ganze Zeit sehr liebevoll angeschaut, und ich war fast eifersüchtig, so wie auf die SMS, die sich die zwei ständig schrieben. Ich wünschte mir, dass mich auch mal jemand wieder so lieb anschaute.

Und die Mutti hat immer wieder kurze Blicke auf die Luise geworfen, ist neben ihr gesessen und wieder aufgestanden.

Dann hat sie mich von meinem bequemen Platz im Fauteuil weggenommen und mich zwischen sich und die Luise gesetzt. Nun konnte ich die zwei nicht mehr so gut beobachten, weil ich meinen Kopf nicht hin und her drehen kann. Aber irgendwie war mir ziemlich warm. Dann hab ich gesehen, dass sich, direkt vor mir, die Hände von der Mutti und der Luise berührten, zuerst ganz vorsichtig, fast zufällig – aber es war schon absichtlich, glaub ich. Und dann immer mehr. Die Finger haben sich ineinander verschlungen und die Haut von meiner Mutti war ganz heiß.

„Was macht ihr denn da?", musste ich fragen. Ich war jetzt eindeutig eifersüchtig und musste mich eben bemerkbar machen. Geschwiegen hatte ich schon oft genug. Die Mutti hat mit einer Stimme, die anders klang als sonst, gesagt: „Putzi, das ist nix für dich." Das klang nicht streng, sondern ein bisschen ängstlich. Vielleicht glaubte sie, ich könnte dem Onkel Peter etwas erzählen ... Aber so was hätte ich nie getan; ich wollte doch meine Mutti nicht verraten. Onkel Peter ist sowieso oft böse mit ihr gewesen. Und mit mir auch.

Schließlich hat sie mich einfach umgedreht, mit dem Gesicht zur Bank, und ich konnte gar nix mehr sehen, auch nicht die zwei Hände. „Arme Putzi", hörte ich die Luise bedauernd sagen, und damit hatte sie wirklich Recht. Die zwei redeten dann gar nix mehr miteinander, ich hörte nur mehr die Musik, es wurde immer dunkler im Zimmer. Und irgendwann schlief ich ein, meine Hundeschnauze ganz einsam an den Stoff von der Futonbank gedrückt.

Geburt
(Sie glauben gar nicht, wie weh es tut, lebendig zu sein)

Als ich geboren wurde, war meine Mutti noch ganz klein, vielleicht acht Jahre oder so. Bis dahin war ich wirklich nur ein Stofftier gewesen, und ich weiß nicht, wie lang ich in dieser Auslage gesessen hatte und wie ich überhaupt dorthin gekommen war. Aber eines Tages stand ein kleines Mädchen vor der Glasscheibe und sein Blick fiel auf mich, ausgerechnet auf mich, obwohl rundherum viele andere Stofftiere saßen, größere und flauschigere als ich.

Mir gefielen die Augen von dem kleinen Mädchen und so bin ich – glaub ich – lebendig geworden. Weil sie auf mich schaute, ganz lang.

Aber ein großer Mann kam und zog das Mädchen weg. Das Traurige für mich war, dass ich jetzt lebendig war und dass ich den Schmerz spürte, so einsam in der Auslage zu sitzen. Mit den andern Stofftieren war nicht viel anzufangen; die meisten schauten mich gar nicht an, wahrscheinlich weil ich nicht so schön war wie sie. Sie waren hochmütig; viele kamen und gingen, wurden von den Händen der Verkäuferin in die Auslage gesetzt und wieder herausgenommen. Manchmal wurde ich woanders hin gerückt, um einem großen Teddy Platz zu machen.

Sie glauben gar nicht, wie weh es tut, lebendig zu sein! Ich hatte so viel Sehnsucht nach dem kleinen Mädchen, dass mir manchmal lieber gewesen wäre, es hätte mich nie angeschaut.

Zugegeben, ich wartete, dass das Mädchen wiederkam. Ich wartete ganz lang. Ich konnte mir nicht vorstellen, dass es mich vergessen hatte.

Ich kam drauf, dass sich während des Tages das Licht verändert. In der Früh stieg manchmal hinter einem Baum gegenüber von der Auslage ein gelbroter Ball herauf, der immer heller wurde. Manchmal

14

war es dann ganz schön heiß in der Auslage. Aber zum Glück verschwand der Ball mit der Zeit hinter dem Eck von einem Haus.

Danach war es zwar noch lange hell in der Auslage, aber das Licht von dem Ball blendete nicht mehr und es war auch nicht mehr so heiß. Meistens hab ich um diese Zeit ein wenig geschlafen, und wenn ich meine Augen danach wieder aufmachte, war es schon ein ein bisschen dunkel.

Manchmal merkte ich dann, dass ein Sitznachbar von mir verschwunden war und ein neuer da saß. Ich tat so, als wäre mir das ganz egal, ich wollte einfach mit den anderen Stofftieren nichts zu tun haben und schaute immer nur hinaus auf die Straße.

Wenn ich den Baum auf der anderen Straßenseite fast nicht mehr sehen konnte, wurde in der Auslage ein Licht aufgedreht. Ich war froh, wenn es nicht direkt auf mich strahlte, aber manchmal war es doch so – kam darauf an, wo ich gerade saß. Das Licht blendete mich und ich hatte außerdem Angst, dass ein anderes Kind vorbeigehen und mich entdecken könnte. Einmal wurde ich tatsächlich aus der Auslage genommen, zusammen mit einem riesigen Teddy und einer Puppe mit rosigem Gesicht, roten Lippen und schwarzen Wimpern, die immer auf und zu klappten. Wir drei lagen auf dem Ladentisch und wurden hin und her gewendet, der Teddy brummte dabei manchmal, so als würde ihm das gefallen. Mir gefiel das nicht.

Ich machte mich so steif wie ich konnte. Was nicht ganz einfach war, denn man kann mich eigentlich in alle Richtungen drücken; ich bin sehr beweglich. Aber ich kann zum Glück nicht brummen und auch nicht mit den Wimpern klimpern. Und deshalb wurde ich wieder in die Auslage zurückgesetzt.

Ich sah dann einen Buben an der Auslage vorbeigehen; er hatte jetzt den großen Teddy an sich gedrückt. Ich war froh, dass der Bub nicht mich ausgesucht hatte, obwohl ich auch ein bisschen neidisch war. Es wäre doch schön gewesen, so gehalten zu werden, aber nicht von irgendwem, sondern eben von dem kleinen Mädchen mit den dunkelbraunen großen Augen. Ich mit meinem schwarz-weiß gefleckten Hundefell.

Ich weiß nicht, wie oft ich den gelben Ball hinter dem Baum hervorkommen sah, ich weiß nicht, wie oft es ganz finster in der Auslage wurde. Ich konnte ja nicht zählen.

Sie können sich nicht vorstellen, wie sehr ich eines Tages erschrak, als mich die Verkäuferin aus der Auslage nahm. Es war die Zeit, in der ich normalerweise schlief. Ich war auch gerade ein wenig zurückgelehnt, als ich die Glocke von der Eingangstür hörte. Dann ein paar Stimmen. Und dann sah ich die Hände von der dicken Verkäuferin mit den langen, roten Fingernägeln bedrohlich über mir.

Sie griff nach meinen Ohren, ihre Armreifen klimperten leise.

Sie zog mich von meinem Platz. Ich blinzelte vorsichtig, wer da noch mit auf den Ladentisch sollte. Vielleicht die neue, schlanke, blonde Puppe, die erst vor kurzer Zeit zu uns in die Auslage gekommen war und auf die schon sehr viele Kinder geschaut hatten? Aber nein: Ich war es allein, die raus musste. Das bedeutete nichts Gutes. Da wollte jemand mich haben, nur mich. Und kein anderes Stofftier. Und damit wäre ich für das Mädchen mit den dunkelbraunen Augen verloren gewesen. Wie sollte es mich je wieder finden?

Leider kann ich mich nicht wehren. Ich machte mich in Gedanken ganz steif und schloss meine Augen. Es ist ja so, dass ich immer noch glaube, man sieht mich nicht, wenn ich die Augen zu habe. Ich hoffte auch, die kahle Stelle in meinem Fell würde bei der Untersuchung gleich entdeckt werden. Ein Makel, pfui, nein, danke! Und ich würde gleich wieder in die Auslage zurückgesetzt.

Aber dann spürte ich warme Hände, die über mich streichelten, und sie suchten mich gar nicht nach Fehlern ab, das spürte ich gleich.

16

Ich wurde auch nicht in alle Richtungen gebogen und gedrückt und geschüttelt und auf den Kopf und auf die Beine gestellt und hin und her gewendet. Nein. Da hatte mich jemand einfach lieb, ausgerechnet mein schwarz-weißes Hundefell. Wenn ich später einmal Glückseligkeit empfunden habe, dann war es immer eine Erinnerung an diesen Moment. An diesen Moment, als ich meine Augen neugierig aufmachte und den dunkelbraunen Blick des kleinen Mädchens auf mich gerichtet sah.

In den Augen von dem kleinen Mädchen, als sie ganz nah vor mir waren, hab ich mich zum ersten Mal selbst gesehen. In ihnen hat sich ganz klein mein Gesicht gespiegelt. Mir ist vorgekommen, dass es ein lustiges Gesicht war, mit einer glänzenden Schnauze mittendrin und ich hatte selber auch große Augen. Ich hatte immer gedacht, ein trauriges Gesicht zu haben oder vielleicht ein sehnsüchtiges. Denn ein anderes Gefühl hatte ich ja bis dahin nicht gekannt. Aber als ich mein Gesicht sah, habe ich zum ersten Mal in meinem Leben gelacht, und dann dachte ich, man kann ja nur lachen, wenn man etwas Lustiges sieht. Also musste mein Gesicht lustig sein. Und erst meine hängenden Ohren! Du lieber Himmel! Ich hatte nicht gedacht, dass die so groß waren. Kein Wunder, dass ich immer genau hörte, wenn jemand ins Geschäft kam und sogar wenn draußen vor der Auslage jemand vorbeiging und leise redete. Ich hab auch manchmal in der Nacht die Maus kratzen hören, die dann eines Tages in der Früh die Verkäuferin erschreckt hat, dass sie so einen lauten Schrei getan hat, dass ich fast auf meinem Platz umgefallen wäre.

Ich wollte, dass die Augen von dem kleinen Mädchen immer so über mir blieben, damit ich mich noch recht lange anschauen konnte.

Aber ich wurde zur Seite gedreht und eine Schere kam auf mich zu, schnipp schnapp. Und dann war endlich dieses komische gelbe Band mit dem großen Zettel dran, das ich immer an meiner Vorderpfote gesehen hab, weg von mir. Ich hatte immer gewusst, dass das nicht zu mir gehört. Unter diesem großen Zettel war auch die kahle Stelle auf meinem Fell versteckt und ich machte ganz schnell die Augen zu, in der Hoffnung, dass man diese kahle Stelle nicht sehen konnte. Vielleicht hatte ich ja ein lustiges Gesicht und ein schönes schwarz-weißes Hundefell – aber makellos war ich eben nicht. Und ich wollte jetzt so gerne makellos sein, damit mich das kleine Mädchen noch lieber haben könnte. Ohne zu schauen spürte ich etwas Weiches, Warmes, genau dort auf meinem kahlen Fleck. Vorsichtig blinzelte ich aus meinen Augen und sah die Haare des Mädchens ganz ganz groß vor mir. Seine Lippen hatte es auf meinen wunden Punkt gelegt, und ich wusste gleich, dass das jetzt ein Kuss war, den ich da bekam.

Und ich hab auch gleich begriffen, dass ein Kuss eine andere Form von Sehen sein muss.

Das Mädchen küsste mich auch noch an anderen Stellen, aber nirgends hab ich es so deutlich gespürt wie genau da auf der kahlen Stelle. Schließlich drückte es mich an sich; ganz warm und dunkel war es auf dem Pullover. Meine Hundeschnauze war an den Hals des Mädchens gedrückt und so hätte ich gleich einschlafen können, wenn ich nicht so aufgeregt gewesen wäre.

Einmal hörte ich noch das Klingeln von der Geschäftstür; das war das letzte Mal, wie ich heute weiß. Und gleich darauf spürte ich zum ersten Mal, wie sich Regen anfühlt – also diese Wassertropfen, die manchmal an die Glasscheibe von der Auslage schlugen und bei denen ich mich immer gefragt habe, woher sie eigentlich kamen und ob sie vielleicht weh taten. Die Verkäuferin hat oft geschimpft, weil sie nach so einem Regen die Glasscheibe putzen musste. Sie hat eine Flüssigkeit auf die Scheibe gesprüht, von deren Geruch mir immer ganz übel wurde. Tatsächlich ist Regen aber gar nichts Unangenehmes; ich merkte, dass die Tropfen auf meinem schwarz-weißen Fell abperlten.

Eine Frau ging neben dem kleinen Mädchen her und redete mit ihm; natürlich verstand ich nicht, was. Ich bemerkte nur, dass das Mädchen immer dann, wenn die Frau das Wort „Tina" sagte, besonders reagierte – entweder schneller ging oder stehen blieb oder eine Tür aufmachte. Manchmal sagte das Mädchen selbst auch etwas, aber ganz leise, ich konnte es kaum hören, obwohl meine großen Ohren so nahe an ihrem Gesicht waren. Wie gut sich die Haut am Hals anfühlte, so weich und warm! Und wenn das Mädchen redete, spürte ich ein Summen an meiner Hundeschnauze, das kitzelte. Ich wollte nie wieder an einem anderen Platz auf der Welt sein, schon gar nicht in einer Auslage.

„Tina" war also das Wort, mit dem das kleine Mädchen wusste, dass man mit ihm redete.

Stellen Sie sich vor, ich habe auch so ein Wort bekommen! Es war schon dunkel, ich lag zum ersten Mal mit Tina im Bett. Zum ersten Mal überhaupt musste ich nicht im Sitzen schlafen. Ich war bis zu meiner Hundeschnauze hinauf zugedeckt – schön, einmal so geborgen zu sein! Ich fühlte mich beschützt und brauchte keine Angst mehr vor dem grellen Scheinwerferlicht zu haben.

Tina redete und redete und es tat mir so Leid, dass ich gar nichts verstand. Woher auch? Bis dahin hatte nie wer mit mir geredet, meistens war ich ja gar nicht beachtet worden, und wenn, dann war ich, wie ich Ihnen ja schon erzählte, nur herumgedrückt und gebogen worden. Aber auch wenn ich nichts verstand, hörte ich Tina aufmerksam zu. Sie redete mit mir viel mehr als vorhin mit der Frau. Aus ihrem Mund kam ein warmer Atem, der nach Grießkoch roch. Das war es nämlich, was Tina zu Abend gegessen hatte. Grießkoch mit Schokolade darüber. Sie hätte mich gern kosten lassen, aber die Frau hat mit ihr geschimpft und ich musste einfach still neben Tina auf der Bank sitzen.

Von irgendwo hörte ich schöne Klänge.

19

Später im Bett hat die Tina jede meiner Pfoten einzeln abgetastet und angegriffen und dazu das Wort „Putzi" gesagt. Dann hat sie meine großen Ohren gestreichelt und wieder „Putzi" gesagt. Sie hat mich auf meine Hundeschnauze geküsst, ganz im Finstern unter der Decke und wieder „Putzi" geflüstert. Immer wieder. Immer wieder. Schließlich hab ich begriffen: Sie ist Tina. Und ich bin Putzi.

So hab ich begriffen, was es heißt, einen Namen zu haben.

Einen Namen braucht man, um unverwechselbar zu sein. Jetzt war ich keine x-beliebige schwarz-weiße Hundedame in einer Auslage mehr, jetzt war ich Putzi, und ich war stolz darauf. So eine wie mich gab es sonst nirgends mehr. Und Tina war ab jetzt meine Mutti. Denn nur eine Mutti kann dir deinen Namen geben. Ich wünschte mir riesige Pfoten, damit ich meine Mutti auch einmal umarmen könnte; ich wünschte mir eine Stimme, damit ich „Mutti" sagen und sie es auch richtig hören konnte; ich wünschte mir einen warmen Atem, der aus meinem Mund kam und ich wünschte mir, alles zu verstehen, was sie zu mir sagte.

Bevor ich einschlief, beschloss ich, ganz viel zu üben und zu lernen. Und immer bei Mutti zu bleiben. Aber so einfach ist das nicht, wenn man sich nicht bewegen kann. Das musste ich bald nach dem Aufwachen erkennen.

Da waren plötzlich andere Kinder da. Wo meine Mutti war, wusste ich nicht. Ich lag auf jeden Fall auf dem Bett und war nicht mehr zugedeckt, nur der Duft von meiner Mutti war noch da. Ein helles Licht fiel auf mich. Die anderen Kinder setzten sich her, und schauten mich genau an. Ein Bub hat mich dann in die Hand genommen, auf meinen kahlen Fleck geschaut und gespottet. Er hat mich in die Schnauze gezwickt, was ein bisschen weh getan hat. Aber das war nicht das Schlimmste. Das Schlimmste war, dass meine Mutti nicht da war. Und dass ich nicht wusste, was jetzt mit mir geschehen würde.

Der Bub ließ mich aufs Bett fallen und dann hat mich noch der andere Bub in eine ganz unbequeme Stellung gebracht; mein Rücken tat mir gleich weh. Die Buben haben mit kleinen Papierkugeln auf mich geschossen; zum Glück haben sie mich nicht sehr oft getroffen. Aber bei jedem Treffer haben sie laut gejubelt. Das war ein Moment, wo ich mich doch in die Auslage zurück gewünscht habe. Denn da war wenigstens immer eine Glasscheibe gewesen zwischen mir und den Leuten, die vorbeigingen. Keiner hatte mir wirklich was zuleide tun können. Aber jetzt! Wenn ich doch nur „Mutti" um Hilfe rufen hätte können! Die Papierkugeln haben zwar nicht wirklich weh getan, wenn sie auf mir aufgeschlagen sind. Aber wer ist schon gern eine Zielscheibe?

Gerade noch war ich so stolz gewesen, jetzt einen eigenen Namen zu haben, unverwechselbar zu sein. Aber leider hieß das offenbar nicht, unverletzbar zu sein. Und leider bedeutet es auch nicht, dass nicht manche Leute mit dir trotzdem machen, was sie wollen und gar nicht daran denken, wie es dir dabei vielleicht geht. Manche glauben eben, ein Stofftier hat keine Gefühle und kann auch nicht sehen, wenn etwas Schlimmes geschieht.

Irgendwann hatten die Buben genug von ihrem Wurfspiel; sie ließen mich einfach in meiner unbequemen Stellung sitzen und gingen fort. Aber ich habe von diesem Augenblick an immer Angst gehabt, dass wieder andere Leute kommen und neue Spiele mit mir erfinden könnten, die mir gar nicht gefallen.

Ein Hundeleben.

Irgendwann kam die Frau, die für meine Mutti das Grießkoch gekocht hatte, in das Zimmer. Sie befreite mich zumindest aus meiner unbequemen Stellung und legte mich auf einen Sessel. Harte Unterlagen war ich ja noch gewöhnt von der Auslage her, das machte mir gar nichts. Die Frau sagte irgendwas zu mir, was ich wieder nicht verstand. Dann sammelte sie die Papierkugeln ein und redete dabei so ähnlich wie die Verkäuferin, wenn sie nach einem Regen die Auslagenscheibe putzen hatte müssen. Die Frau zog das Laken glatt und schüttelte die Bettdecke auf. Sie zog den Vorhang, auf dem bunte Stofftiere zu sehen waren, ganz zur Seite und öffnete das Fenster. Von draußen hörte ich Geräusche, die mir ganz unbekannt waren. Die Frau ging wieder, schloss die Tür hinter sich und ließ mich einfach auf dem Sessel liegen.

Meine Hinterpfoten hingen über die Sesselfläche hinaus und baumelten über dem Boden. Wie man daran sehen konnte, war ich gar nicht sooo klein. Wenn ich mich ganz ausstreckte, reichte ich doch von Tinas Hals bis zu ihrem Bauch.

Aber wo war sie bloß? Wie lange starrte ich bloß auf die Zimmerdecke und den hellgrünen Lampenschirm? Zwischendurch schaute ich auch noch einem schwarzen kleinen Tier zu, das durch das Zimmer flog und surrte. Solche Tiere hatte ich auch in der Auslage manchmal gesehen, fiel mir ein. Manchmal hatten sich die sogar auf mich drauf gesetzt; sie sind aber ganz leicht, man spürt sie eigentlich kaum. Vor denen brauchte ich mich nicht zu fürchten, das wusste ich schon.

Schließlich hatte meine Einsamkeit doch ein Ende. Die Tür ging auf und meine Mutti war wieder da. Wie lieb sie ausschaute, mit ihren dunklen Augen; das lange Haar hatte sie zu zwei Zöpfen gebunden. Dünn und schmächtig stand sie im Zimmer, am Rücken trug sie eine rote Tasche, die ich vorher noch nie gesehen hatte. Sie erkannte sofort, dass hier so quer über dem Sessel nicht meine bequemste Lage war. Sie nahm mich hoch und redete mit mir und hielt mich im Arm. Meine Mutti nahm die rote Tasche vom Rücken und setzte sich mit mir aufs Bett.

Wenn sie da war, machte meine Mutti nichts ohne mich. Ich durfte wieder neben ihr auf der Bank beim Essen sitzen, wieder hörte ich schöne Klänge und niemand sagte etwas. Dann saß ich auf dem Tisch, auf dem auch Hefte und Bücher lagen und meine Mutti Schreibarbeiten erledigte. „Ich muss Aufgabe machen", sagte sie zu mir und da fiel mir auf, dass das der erste Satz war, den ich richtig gut verstand. Aufgabe – das hieß also in Büchern blättern und in Hefte schreiben, die dann nachher wieder in der roten Tasche verstaut wurden.

Ich hatte den Eindruck, dass meine Mutti gern Aufgabe machte, sie schrieb sehr sorgfältig in das Heft und ich bewunderte sie dafür. Als Hundedame würde ich leider nie schreiben können, das wusste ich. Ich konnte mich ja nicht bewegen, und das wäre dafür nötig gewesen. Das war mir klar. Es war schon eine Leistung, wenn ich ab und zu etwas verstehen lernte, was man zu mir sagte. Und da war ich auf dem richtigen Weg. Wichtig war damals, dass man direkt mit mir sprach, am besten nur wenige Worte und ganz langsam. Zumindest meine Mutti verstand ich immer besser, wenn ich auch nicht antworten konnte. Ich hätte ihr so gern von den zwei wilden Buben mit den Papierkugeln erzählt, aber das wird sie wahrscheinlich nie erfahren und damit auch nicht von meinem Kummer.

Wir machten einen Spaziergang. Die Frau, die für meine Mutti kochte und das Bettzeug aufschüttelte, meine Mutti, ich und ein großer dicker Mann, der mir nicht ganz unbekannt vorkam. Ach ja, es war der Mann, der meine Mutti von der Auslage weggezogen hatte, als sie mich zum ersten Mal erblickt und so lange auf mich geschaut hatte, bis ich lebendig war. Der Mann redete sehr laut, so laut wie ich noch nie jemanden reden gehört hatte. Das war praktisch, denn so fing ich an, mir immer mehr Wörter zu merken.

Der Mann ging immer einen Schritt voraus, so als ob er bestimmen wollte, wohin uns unser Spaziergang führen würde. „Papa und Mama" sagte Tina zu mir und zeigte auf den Mann und die Frau. Also das waren offensichtlich die zwei, die Tina ihren Namen gegeben und dafür gesorgt hatten, dass Tina, meine Mutti, lebendig geworden war. Ich musste ihnen dankbar sein. Ohne die zwei würde es meine Mutti gar nicht geben, und damit auch nicht mich.

Der Mann hatte einen schwarzen Gegenstand in der Hand. Tina musste sich zu einem Baum hinstellen, mit mir im Arm. Ich streckte mich, zeigte mein lustiges Gesicht. Meine Hinterpfoten baumelten bis zu Muttis Bauch hinunter. So konnte man sehen, wie groß ich war, und ich konnte auch mein schönes, schwarz-weißes Hundefell zeigen. Die kahle Stelle an der einen Pfote blieb in dieser Stellung gut versteckt.

„Nicht so ernst!", sagte der Mann zu Tina. Aber meine Mutti drückte mich nur noch fester an sich, als ob sie sich ein bisschen fürchtete, und obwohl ich es nicht sehen konnte, glaubte ich nicht, dass sie richtig lächelte. Der Mann stellte sich ein paar Schritte vor uns auf, hielt sich den Gegenstand vor das Gesicht und drückte auf einen Knopf. Dann machte er ein paar Schritte zur Seite und wiederholte das Ganze noch einmal. „Lach doch ein bisschen, Tina!", sagte Tinas Mama. „Ich mag keine Fotos", sagte meine Mutti trotzig.

Ich verstand eigentlich nicht, warum ihr das keinen Spaß machte. Es war doch nix dabei! Der Papa konnte von diesen so genannten Fotos offenbar nicht genug bekommen; manchmal kam er näher, da drückte mich meine Mutti noch fester, dann trat er wieder ein paar Schritte zurück, dann hielt sie mich etwas lockerer.

Ich war einfach nur stolz. Ich kam mir sehr, sehr wichtig vor, so im Mittelpunkt der Aufmerksamkeit zu stehen. Aber ich muss schon sagen, dass es mich wunderte, dass meine Mutti offenbar gar keinen Spaß hatte. Dabei bemühte ich mich so, lustig dreinzuschauen.

Fotos kann man später einmal anschauen. Und das war das zweite Mal, dass ich mich selbst gesehen habe, auf so einem Bild mit meiner

Mutti. Sie stand so dünn und klein vor einem Baumstamm, dass ich richtig groß ausschaute. Ich finde, ich war auf dem Foto viel deutlicher zu sehen als meine Mutti. Groß, stolz und lustig schaute ich drein, eine eindrucksvolle Hundedame mit einer leuchtenden Schnauze. Nur meine Mutti lachte leider nicht.

Meine Mutti war aber nicht immer so ernst. Manchmal, wenn ich mit ihr alleine war, da hab ich sie sehr wohl zum Lachen bringen können. Zum Beispiel hat sie mich einmal bei den Ohren gekitzelt und sie dann aufgestellt, und dann hat sie gelacht. Oder sie hat mir ein Tuch um den Kopf gebunden, sodass nur meine Augen und die Schnauze herausschauten. So hat sie mich vor einen Spiegel gehalten – das war das dritte Mal, dass ich mich selbst gesehen habe. Ich hab mich fast nicht wiedererkannt, hab nicht gedacht, dass man so verschieden ausschauen kann. Eigentlich mag ich es ja nicht so gern, wenn mit mir so herumgeschupft wird, aber das Lachen von meiner Mutti machte mich halt glücklich. Und so war ich auch bereit, das alles auszuhalten.

Am schönsten fand ich, wenn sie Klavier übte. Wenn die Finger, die mich oft so lieb streichelten, über die Tasten wanderten und dann so schöne Töne dabei herauskamen – „Musik" sagt man dazu. Da hätte ich immer und ewig zuhören können, vom ersten Tageslicht an bis zur Nacht. Sie spielte oft dasselbe, was ich dann schon wiedererkannte, immer höher oder tiefer werdende Töne und kleine einfache Stücke. Sie spielte so lange, bis sie sich nicht mehr verspielte, und das dauerte oft sehr lange. Manchmal kam dann ihre Mama und sagte „Sehr brav, Tina", und strich ihr über die Haare oder schaute ihr eine Weile über die Schulter.

Ich begann, mir zu den Musikstücken Geschichten auszudenken. Zum Beispiel eine Geschichte von einem alten, kleinen Teddy, der sich in die blonde Puppe aus unserer Auslage verliebte, aber sie schaute ihn nie an. Und ich stellte mir vor, wie traurig er deshalb war, weil er ja auch gar nichts tun konnte. Teddys sind ja genau so stumm und unbeweglich wie ich. Und die Traurigkeit von dem Teddy passte dann genau zu der Musik.

Einmal sah ich, dass aus den dunkelbraunen Augen meiner Mutti so was wie Regentropfen floss. „Das ist so traurig", sagte sie zu mir, weil sie merkte, dass ich sie neugierig anschaute. „Das ist so traurig, dass ich weinen muss." Und dann hat sie die Regentropfen aus ihren Augen gewischt. Und so hab ich gelernt, was das heißt: Weinen. Und dass man in dem Fall zu Regentropfen das Wort „Tränen" sagt. Vielleicht hatte sie sich auch traurige Geschichten zur Musik ausgedacht; das wusste ich nicht und ich konnte sie nicht fragen.

Aber es gab auch lustige Musikstücke, da hüpften die Finger meiner Mutti auf den Tasten und wanderten nicht einfach nur so langsam drüber hin. Dabei stellte ich mir dann vor, wie die blonde Puppe mit ihren spitzen Schuhen über einen steinigen Weg ging, stolperte und plötzlich gar nicht mehr so elegant aussah. Ich weiß schon: Das war nicht nur lustig, das war auch ein bisschen gemein. Aber insgeheim wollte ich in meinen Gedanken sicherlich den unglücklichen Teddy rächen, den die Puppe so hochmütig übersehen hatte.

Nacht

(Warum wehrte sie sich nicht? Sie war doch kein Stofftier!)

Jede Nacht durfte ich bei meiner Mutti im Bett liegen. Darauf freute ich mich immer so. Meistens schlief ich schnell ein, denn es war warm und dunkel, ich hörte noch ein bisschen die Stimme von meiner Mutti und in meinem Kopf hatte ich manchmal noch die Geschichten, die mir beim Klavierspiel eingefallen waren. Oft kam auch die Mama von meiner Mutti ans Bett. Sie beteten dann gemeinsam zum lieben Gott. Das ist ein alter Mann mit weißem Haar, der alles weiß. Meine Mutti zeigte mir einmal ein Bild von ihm in einem Buch. Am Ende sagten sich meine Mutti und ihre Mama Gute Nacht und dann wurde es dunkel im Zimmer.

In dieser bestimmten Nacht konnte ich aber nicht einschlafen – ich weiß auch nicht warum. Vielleicht weil der Vorhang mit den aufgemalten Stofftieren nicht richtig zugezogen war und von draußen ein Licht aufs Bett leuchtete. Ich steckte zwar mit meinem Kopf unter der Decke, aber da war es mir dann doch zu heiß; ein bisschen Luft zum Atmen brauch ich schließlich auch, selbst wenn ich nur ein Stofftier bin. Zum Glück verrutschte die Decke und ich bekam wieder Luft. Und meine Mutti – ich weiß nicht, ob sie schon richtig schlief. Irgendwas war anders als sonst. Sie hat nicht so tief und gleichmäßig geatmet wie sonst, ich spürte das genau, weil ihr Gesicht zu mir her gedreht war. Aber ich war ganz ruhig, ich wollte sie nicht stören.

Ich merkte, dass noch jemand bei ihr im Bett lag, ganz eng hinter ihr, und viel größer als sie. Und dabei ist das Bett doch gar nicht besonders breit, und ich lag ja auch schon da, ein wenig Platz brauchte

27

ich schließlich auch. Vielleicht hatte ich doch schon ein bisschen geschlafen, jedenfalls hatte ich niemanden hereinkommen gesehen. Und ich war mit meiner Mutti allein ins Bett gegangen, das wusste ich genau. Ihre Mama war an diesem Abend nicht da gewesen, um zum lieben Gott zu beten und Gute Nacht zu sagen.

Es war jedenfalls anders als in anderen Nächten. Meine Mutti war irgendwie steif, so ähnlich, wie ich mich immer steif gefühlt hatte, wenn ich im Geschäft am Ladentisch von fremden Leuten untersucht worden war.

Ich blinzelte aus meinen Augen und sah, dass meine Mutti ihre Augen nicht geschlossen hatte. Jetzt war ich mir sicher, dass sie nicht schlief. Sie hatte einfach nur die Augen offen und schaute nirgendwohin, auch nicht auf mich, obwohl ich doch ganz in ihrer Nähe lag. So einen Blick hatte ich noch nie bei ihr gesehen; er hat mich erschreckt. Sie hat in die Nacht hinein geschaut, mit offenen Augen. Aber in der Nacht, da gab es doch gar nichts zu sehen außer höchstens die Umrisse vom Tisch und von der Tür und das bisschen Licht von draußen, dort, wo der Vorhang nicht ganz zugezogen war. Es war still.

Ich hörte nur ein lautes Atmen, aber nicht von meiner Mutti. Es war tief und fremd. Das Atmen wurde lauter und ich hätte mich am liebsten aufgesetzt und gesagt: „Ruhe bitte, ich kann nicht schlafen. Und meine Mutti auch nicht." Ganz streng hätte ich reden wollen, wie manchmal die Mama von meiner Mutti, wenn sie etwas nicht aufgegessen hat. Aber leider konnte ich damals noch nicht reden, ich blödes Stofftier. Ich war auch wirklich zu nichts zu gebrauchen. Nicht mal bewegen konnte ich mich.

Das Nachthemd von meiner Mutti war ganz hochgeschoben – komisch. Große Hände streichelten über sie, aber es war nicht so ein Streicheln, das ich gerne habe, so lieb und vorsichtig. Es war eher ein

Zupacken, als würde meine Mutti dem gehören, der das tat. Wenn ich bloß über sie drüberschauen hätte können, um zu sehen, wer da war und wer das tat. Ich reckte und streckte mich, aber erfolglos. In Wahrheit lag ich noch immer genau so da, wie mich meine Mutti am Abend hingelegt hatte. Niemand konnte wissen, dass ich alles beobachtete.

Das Atmen wurde noch lauter und tiefer, es musste von einem Mann kommen, nicht von einem der zwei Buben, die mich als Zielscheibe benutzt hatten. Die hatten hellere Stimmen gehabt.

Und dann begann sich meine Mutti auch noch zu bewegen. Nein, das ist falsch. Sie bewegte sich nicht selbst, sie war eher steif. Aber sie wurde von hinten gedrückt, kam mir vor. Sie tat nichts dagegen, so wie ich am Ladentisch bei der Untersuchung.

Aber warum wehrte sie sich nicht? Sie war doch kein Stofftier!

Warum stand sie nicht auf? Warum sagte sie nicht einmal was? Warum schaute sie nur so starr in die Nacht, wo es nichts zu sehen gab? Warum fühlte sich ihr Körper so kalt an, wo ich mich doch sonst immer so schön daran wärmte? Warum griff sie nicht nach mir? Warum waren ihre Hände so an ihren Bauch gepresst wie sonst nie? Warum war ihr Nachthemd hochgeschoben?

Eine Hand von dem Mann griff auf ihren Bauch, dort wo sie ihre Hände hingepresst hatte, und schob sich darunter. Ich sah die Adern und die dunklen Haare auf der Hand und ich sah seine Fingernägel. Irgendwie kam mir die Hand bekannt vor, jedenfalls passte sie überhaupt nicht zu der feinen zarten Haut von meiner Mutti. Am liebsten hätte ich auf die behaarte Hand gespuckt, hineingezwickt oder sie weggeschoben.

Das Atmen wurde noch lauter, fast wie ein Keuchen hörte sich das an. Einmal hatte ich jemanden so keuchen gehört, der vorher sehr schnell gelaufen war. Meine Mutti wurde noch ein paar Mal gedrückt und hin und her bewegt. Immer noch schaute sie einfach in die Nacht. Mir kam vor, sie war gar nicht richtig da. Dann war es still und es passierte eine Weile gar nichts.

Schließlich kletterte der Mann aus dem Bett, gab meiner Mutti einen Kuss auf die Wange und streichelte ihr übers Haar. Dann ging er bei der Tür hinaus. Ich erkannte ihn gut. Es war ihr Papa. Also kein Fremder. Das war beruhigend. Aber warum lag meine Mutti noch immer steif da, die Augen offen in die Nacht gerichtet? Sie hatte ganz auf mich vergessen. Vielleicht dachte sie ja auch, dass ich schlief.

So gut wie wie früher schlief ich seit dieser Nacht nicht mehr. Immer wieder einmal wachte ich auf und schaute, ob der Papa von meiner Mutti wieder da war, wieder neben ihr im Bett lag und keuchend seine große schwere Hand über ihren schmalen Körper streichen ließ. Ich hab mich auch davor gefürchtet, dass meine Mutti wieder die Augen offen hatte und so starr in die Nacht hineinschaute, mit Augen, wie sie manche Puppen haben. Es sah so unheimlich aus, so leblos. Aber sie hat meistens doch richtig geschlafen und tief geatmet, und dann konnte ich auch weiterschlafen. Vielleicht machte ich mir unnötig Sorgen. Was habe ich schon für eine Ahnung davon, was Menschen miteinander machen und wozu das gut sein sollte ...

Meine Mutti hat mir auch nie erklärt, was ihr Papa da gemacht hatte, wahrscheinlich weil sie dachte, ich hätte es sowieso nicht mitbekommen. Naja, und fragen konnte ich sie, wie gesagt, nicht. Also beschloss ich, weiterhin mein lustiges Gesicht zu machen, was blieb mir schon anderes übrig.

Die Mama von meiner Mutti hatte für mich ein Kleid genäht, das musste ich dann immer tragen. Ich fand das komisch, aber meiner Mutti gefiel es, glaub ich. Es war hellrosa, weil ich ja eine Dame bin.

Das hatte ich schon mitbekommen, dass alles für die Damen mehr in Rosa gehalten war – so wie auch das rosa glitzernde Kleid von der blonden Puppe aus der Auslage oder das Nachthemd meiner Mutti. Die Herren müssen hingegen blaue Kleider tragen, und die Buben auch, meistens hatten sie blaue kurze Hosen an, manchmal auch grüne oder schwarze lange. Ich hatte übrigens inzwischen herausbekommen, dass die zwei Buben, die mich einmal mit Papierkugeln beworfen hatten, die zwei älteren Brüder meiner Mutti waren.

Einmal sind sie wieder ins Zimmer gekommen, als ich gerade mit meiner Mutti im Bett saß und sie mir aus einem Buch etwas vorlas, was ich nicht verstand. Ich schaute mir derweilen die Bilder im Buch an. Das tu ich bis heute immer noch gerne, Bilder anschauen, oder ich denke mir Bilder aus.

Mitten in dieser Lesestunde sind die zwei Buben hereingekommen. Martin und Michi, das waren ihre Namen, die hatte ich mir gemerkt. Sie nahmen meiner Mutti das Buch aus der Hand, ohne sie zu fragen. Sie protestierte zwar: „Lasst mich in Ruhe", rief sie. Das hatte sie schon oft zu den Buben gesagt, darum verstand ich das schon. Aber die Buben lachten nur höhnisch. Und einer – ich glaub, der Michi – hat dann mich genommen, vor das Gesicht meiner Mutti gehalten und mit mir herumgefuchtelt, und immer wenn sie mich ergreifen wollte, hat er mich hinter seinem Rücken versteckt.

Aber stellen Sie sich vor, meine Mutti hat regelrecht um mich gekämpft!

Das war für mich auch ein Beweis, dass sie mich wirklich gern hatte. Es machte mir deshalb gar nichts aus, als ich einmal unter dem Michi zu liegen kam, so dass ich regelrecht zusammengequetscht wurde. Ich spürte, wie meine Mutti mit all ihrer Kraft versuchte, mich aus den Händen von Michi zu befreien. Sie hat ihn sogar bei den Haaren gezogen, und er schrie „Au". Aber sie kriegte mich trotzdem nicht zu fassen. Der Michi zog mich dann unter sich hervor und warf mich dem Martin zu. Das erste Mal in meinem Leben bin ich durch die Luft geflogen, quer durch das Zimmer. Der Martin hat mich gefangen, und als sich meine Mutti auf ihn stürzte, um mich zurückzubekommen, hat er mich wieder dem Michi zugeworfen. Ich war stolz, dass meine Mutti so um mich kämpfte, aber sie hatte keinen Erfolg und ich befürchtete langsam, sie würde mich nie mehr zurückbekommen. Meine Mutti fing nach einer Weile aus Zorn zu weinen an. „Gebt mir die Putzi wieder! Ich will die Putzi wieder haben!", rief sie ein ums andere Mal, ziemlich laut. Die Buben lachten nur und hatten ihren Spaß.

Schließlich ging die Tür auf und der Papa von meiner Mutti kam herein. Mit seiner lauten tiefen Stimme sagte er irgendwas, und die Kinder waren sofort still. Dann hat mich der Papa genommen, aus der Hand vom Martin. Ich glaub, es war das erste Mal, dass mich Tinas Papa überhaupt angegriffen hat; seine große Hand quetschte mich, dass mir fast die Luft wegblieb. So hatte mich noch nie wer gedrückt. Da war es ja vergleichsweise fast ein Vergnügen gewesen, von der Verkäuferin an den Ohren aus der Auslage gezogen zu werden. Der Papa von meiner Mutti wollte aber nichts Böses mit mir; er hat mich nur meiner Mutti zurückgegeben, ihr übers Haar gestrichen, so wie damals in der Nacht, als er aus dem Bett geklettert war. Dann hat er ganz laut in die Hände geklatscht, „Raus mit euch!" gerufen, und die zwei Buben sind verschreckt aus dem Zimmer gehuscht.

Meine Mutti hatte noch Tränen in den Augen, aber mich hielt sie fest umschlungen. Ihr Papa setzte sich neben sie und streichelte ihr noch einmal übers Haar. „Ist ja gut", sagte er mit einer ruhigen Stimme. Ich wusste ja, wie laut er sonst redete. Meine Mutti schluchzte, und ihr Papa streichelte sie, bis sie ganz still war. Er hörte damit aber auch nicht auf, als sie keine Tränen mehr in den Augen hatte. Und er streichelte sie auch nicht mehr nur auf den Haaren, sondern auch am Rücken und auf den Armen. Er drückte sie rücklings aufs Bett und schob ihr das Hemd ein Stückerl hoch und streichelte sie auf der nackten Haut am Bauch und weiter oben, wo ich jetzt, ihre Hände fest über mir, quer über sie lag. Seine Hand schob sich unter mich und schließlich rutschte ich leider überhaupt von meiner Mutti runter, blöderweise mit dem Gesicht nach unten, sodass ich nichts mehr sehen konnte.

Aber es dauerte nicht lang, dann stand der Papa auf und ging fort. Wahrscheinlich meinte er, dass meine Mutti jetzt genug getröstet war. Als er draußen war, erstickte das Zimmer ein paar Momente lang in einer ungewöhnlichen Stille. Irgendwas fehlte. Ich kam gleich drauf, was das gewesen war, als meine Mutti wieder normal atmete.

Ich habe weiterhin lustig dreingeschaut. Meine Aufgabe als Stofftier war es eben, das Leben meiner Mutti unterhaltsam zu machen. Ich habe mich auch bemüht, immer mehr von dem zu verstehen, was zu mir gesagt wurde. Und schön langsam bin ich, glaub ich, schon eine richtige Gesprächspartnerin für meine Mutti geworden.

Den Papa von meiner Mutti hab ich mir genauer angeschaut, ich hatte ihn ja lange Zeit gar nicht so beachtet. Er war groß und ein bisschen dick und, wie gesagt, er redete ziemlich laut, aber dafür nicht besonders viel. Am meisten interessierten mich seine Haare, davon hatte er ziemlich viel, vor allem auf den Händen und am Oberkörper. Für Haare hab ich einen ganz besonderen Blick, wahrscheinlich, weil ich selber ganz behaart bin und weiß, wie sich das anfühlt. Manchmal war der Papa abends mürrisch und hat kein Wort gesagt, dann hat die Mama von meiner Mutti so bedrückt und besorgt dreingeschaut. Manchmal war er aber auch lustig und hat sogar mit mir geredet und meine Mutti zum Lachen gebracht. Trotzdem hat sie bei ihm immer anders gelacht als bei mir, kürzer und leiser, und ihre dunkelbraunen Augen blieben ernst.

Wenn sie mit mir ihren Spaß hatte, haben auch ihre Augen gelacht. Glauben Sie mir, das ist ein großer Unterschied.

Sehr oft hab ich Muttis Papa nicht gesehen, er ist immer „arbeiten" gewesen, sagte mir meine Mutti einmal. Viel hat sie mir über ihn nicht erzählt, und nie hat sie etwas über seine nächtlichen Besuche gesagt, obwohl mich das am allermeisten interessiert hätte. Sie hatte keine Ahnung, dass ich alles beobachtete und dass ich ihn schon ein paar Mal bei ihr im Bett gesehen hatte. Es war immer so ähnlich wie beim ersten Mal, und langsam hab ich mich dran gewöhnt. Vielleicht müssen die Papas so etwas machen, damit ihre kleinen Mädchen wissen, dass sie lieb gehabt werden.

Was ich ehrlich gesagt gut an ihrem Papa fand, war, dass er ihr manchmal geholfen hat, wenn ihre zwei Brüder, der Michi und der Martin, sie ausgespottet und sekkiert haben. Mit den zwei Buben konnte ich mich nie anfreunden, sie waren grob zu mir und auch zu meiner Mutti. Was ich am meisten hasste: Wenn meine Mutti Klavier spielte und die Buben absichtlich richtig Krawall machten. Die schöne Musik, mit der sich meine Mutti so herumplagte, haben sie einfach auf diese Art zunichte gemacht, sie wurde unhörbar.

Ruhig war es beim Klavierspielen nur, wenn die Buben nicht da waren oder wenn auch der Papa im Raum war und ihnen befohlen hat, zuzuhören. Er stellte sich ganz nah hinter meine Mutti, ich saß oben auf dem Klavier, gleich neben der Vase mit den künstlichen Blumen, und konnte alles sehr gut überblicken. Er legte ihr seine schwere Hand auf die Schulter, so als ob er stolz auf sie wäre, aber sie sackte gleich ein bisschen in sich zusammen, und meistens verspielte sie sich ein ganz klein wenig – das merkte aber nur ich, weil ich ja inzwischen schon alle Stücke, die meine Mutti übte, auswendig konnte, und weil ich eben wusste, wie sie klingen mussten, damit meine Mutti richtig zufrieden war. Einmal hat ihr Papa sie auch ganz leicht am Hals gestreichelt, genau dort, wo ich so gerne beim Einschlafen meine Schnauze hatte. Ich habe dann das Klavierstück gar nicht mehr wiedererkannt; Mutti hat plötzlich viel zu schnell gespielt, so als würde ihr Herz rasen.

Eines Nachts bin ich wieder aufgewacht und hab genau in den starren Blick meiner Mutti geschaut. Sie hat wieder dorthin geschaut, wo es nichts zu sehen gibt, auf die Umrisse von Tür und Tisch. Der Papa war wieder da und ihr Nachthemd war wieder hochgeschoben. Meine Mutti wurde auf den Rücken gedreht, so wie auch ich früher manchmal am Ladentisch. Ich darf betonen, dass das ein besonders unangenehmes Gefühl ist, weil man sich überhaupt nicht mehr verstecken kann, außer man macht die Augen zu. Aber meine Mutti hatte ja wieder einmal die Augen ganz weit offen und schaute irgendwohin, wo nichts war.

Ihr Papa ist vor meiner Mutti gekniet und hat ihre Arme, die sie wieder auf ihren Bauch gepresst hatte, nach oben gebogen. Dann hat er ihre Beine, die überkreuzt waren, auseinander gelegt. Sie wollte das nicht, hat sie wieder zusammengetan. Ihr Papa hat was gesagt, mit einer ruhigen, brummigen Stimme und die Beine wieder auseinander gelegt. Meine Mutti hat nicht geantwortet. Er hat seinen Kopf über ihren nackten schmalen Körper gebeugt; ich hab deutlich gesehen, dass seine Haare in der Mitte schütter waren, die Kopfhaut schimmerte durch. Ich verstand nicht, warum meine Mutti nicht sagte „Lass mich in Ruhe", so wie manchmal zum Michi oder zum Martin. Ich an ihrer Stelle hätte so etwas gesagt, aber ich war ja stumm. Ich konnte mir gut vorstellen, wie sich meine Mutti gefühlt hat. Eben wie auf einem Ladentisch. Ausgeliefert. Mit ganz weit offenen Augen.

Ihr Papa hat meine Mutti überall geküsst, auf der Brust, am Bauch, zwischen den Beinen. Selber mochte ich es an sich gerne, wenn ich geküsst wurde – meistens eh nur von meiner Mutti. Aber ich hab in dieser Nacht auch verstanden, dass nicht alle Küsse, die man im Leben bekommt, lieb sind. Vielleicht weiß man es halt vorher nicht immer und später kann man sich gegen solche komischen Küsse, die man eigentlich nicht will, nicht mehr wehren, weil man sich daran gewöhnt hat. – Kompliziert ist das mit den Menschen.

Ich fühlte mich ein bisschen einsam, da neben meiner Mutti im Bett. Niemand beachtete mich, sie dachten wohl, ich schlief. Das war das erste Mal, dass ich mir wünschte, ich hätte ein anderes Stofftier als Kompagnon, jemanden, von dem ich immer wüsste, was er tat und mit dem ich meinen Spaß haben könnte. Dann hätte ich mich ablenken können und nicht immer über das nachdenken müssen, was die Menschen taten.

Schließlich hat der Papa aufgehört, meine Mutti zu küssen. Er hatte gar nicht dabei gekeucht, so wie sonst immer. Er richtete sich auf seinen Knien auf und hatte auf einmal diesen Gegenstand in der Hand, mit dem er damals beim Spazierengehen diese so genannten Fotos von uns gemacht hatte.

Meine Mutti lag immer noch so da, wie er sie hingelegt hatte, mit gespreizten Beinen. Ob sie die Augen jetzt zu hatte oder noch immer so starr offen wie vorhin, das konnte ich nicht sehen, ihr Gesicht war gegen die Zimmerdecke gerichtet. Dann hat er die Mutti fotografiert, so wie sie da gelegen ist, mit gespreizten Beinen. Er hat wieder auf diesen Knopf gedrückt und dann hat es geblitzt. Einen Moment lang war alles ganz hell, die Haut von meiner Mutti erschien weiß, drumherum finstere Nacht. Der Papa ist sogar aufgestanden; aus seiner Hose schaute ein langes Ding heraus, wie wenn es nicht zu ihm gehören würde. Er hat wieder – so wie damals beim Spazierengehen – verschiedene Fotos gemacht, einmal weiter weg und einmal ganz nah. Das lange Ding hat sich bewegt und ist noch ein bisserl länger geworden. Dann hat er mich bemerkt, ich war so was von erschrocken!

Er hat mich neben meine Mutti gesetzt und noch einmal fotografiert. Ein schönes Motiv. Was sollte ich schon dagegen tun? Wo ich hingesetzt werde, da sitze ich eben. Aber wenigstens konnte ich jetzt sehen, dass meine Mutti ihre Augen geschlossen hatte. Das hat mich beruhigt. Blitzlicht hin oder her – mit geschlossenen Augen konnte meine Mutti eben nicht wirklich gesehen werden.

Ich habe dann auch die Augen zugemacht und nichts anderes mehr als die Haut von meiner Mutti gespürt. Sie war kalt; ich hoffte, sie mit meinem Fell zu wärmen. Endlich haben die Blitzlichter aufgehört, dann hab ich meine Augen wieder aufgemacht. Der Papa kniete im Bett vor meiner Mutti und rieb sein Ding mit der einen Hand so lange, bis vorne eine weiße Flüssigkeit rausgespritzt ist, direkt auf die Brust von meiner Mutti und auch ein bisschen auf mich. Gekeucht hat der Papa dabei auch, aber nicht besonders laut. Das war ich schon gewöhnt, auch wenn ich gar nicht verstand, warum ihn das so anstrengte. Nachher hat er mit einem Taschentuch die Brust und den Bauch von meiner Mutti abgewischt, auf mich hat er natürlich vergessen und die weiße Flüssigkeit hat mir das Fell auf meiner Vorderpfote verklebt. Der Papa hat das Nachthemd meiner Mutti wieder über ihren Körper gezogen, sie zugedeckt, über die Haare gestreichelt und ihr einen Kuss auf die Wange gegeben. Ja, und dann ist er hinausgegangen, sein Ding zwischen den Beinen war verschwunden, den Fotoapparat hatte er in der Hand und das Taschentuch auch, das hab ich in der Dunkelheit noch hell aufleuchten sehen, wie ein letztes Blitzlicht. Dann hat er die Tür hinter sich zugemacht.

Niemand hat sich in der nächsten Zeit um die verklebte Stelle auf meinem Fell gekümmert. Es war überhaupt alles so wie immer. Ich saß nach dem Aufwachen allein im Zimmer und unterhielt mich mit den Stofftieren, die am Vorhang abgebildet waren. Ich sah der Mama von meiner Mutti zu, wie sie das Bett machte. Sie hat mich selten beachtet, höchstens an einen anderen Platz gelegt. Und nie ist ihr der verklebte Fleck auf meinem Fell aufgefallen. Irgendwann ist dann meine Mutti wieder ins Zimmer gekommen, mit der roten Tasche auf ihrem Rücken. Ich hab ihr beim Aufgaben-Machen zugeschaut und beim Klavierspielen zugehört. Am liebsten saß ich ganz oben auf dem Klavier, neben der Vase mit den künstlichen Blumen; da zitterte die Musik.

Wir haben auch immer zusammen gegessen, ich auf der Bank neben meiner Mutti und sie vor einem vollen Teller mit Nudeln oder mit Erdäpfeln und Gemüse, manchmal Fleisch. Vor dem Essen haben alle ein Gebet gemurmelt und das Kreuzeichen gemacht. Über dem Esstisch hing ein gekreuzigter Mann; da schaute ich lieber nicht hin. Meine Mutti hat sehr wenig gegessen und ihre Mama hat immer geschimpft, wenn etwas auf dem Teller zurückblieb. „Iss doch auf, Tina! Ich hab extra das gekocht, was du gerne magst", sagte Muttis Mama und ich verstand sie. Beim Essen war meine Mutti wirklich schwierig, das gebe ich gerne zu. Sie saß vor dem halbvollen Teller und ich wusste, dass ihr jeder Bissen Übelkeit bereitete. Einmal hat sie mich mitgenommen aufs Klo und ich hab gesehen, dass sie dort alles wieder ausgespuckt hat. Dabei roch das Essen von Muttis Mama wirklich gut; ich hätte das sicher gegessen.

Die Fotos, die der Papa damals in der Nacht gemacht hat, hab ich lange nicht zu Gesicht bekommen. Er hat sie nie hergezeigt.

Aber einmal hat der Papa Besuch bekommen, von einem anderen Mann. „Komm, Tina, ich zeig dir was", sagte der Papa zu meiner Mutti und strich ihr dabei wieder einmal so über die Haare, wie ich das jetzt schon von ihm kannte und wie mir das eigentlich unheimlich vorkam. Meine Mutti hat mich fest in den Arm genommen und wir sind alle zusammen in ein Zimmer gegangen, in dem ich noch selten war: ihr Papa, der andere Mann, meine Mutti und ich.

Ihr Papa hat den Schlüssel im Schloss gedreht und abgezogen; wir konnten nicht raus und keiner konnte rein.

In dem abgesperrten Zimmer hat Tinas Papa dann verschiedene Fotos auf den Tisch gelegt und meine Mutti musste sie auch anschauen.

Meine Mutti machte die Augen zu, sie wollte die Fotos nicht sehen. Sie wollte nicht auf ihre gespreizten Beine schauen. Ich hätte gern gesagt: „Komm, Mutti, wir gehen jetzt, das gefällt uns nicht." Aber wir waren beide dazu verurteilt, uns alle Fotos anzuschauen und uns anzuhören, wie die zwei Männer sich dabei gut unterhielten. Ich verstand nicht, warum ihr Papa so was machte. Und warum noch dazu meine Mutti dabei sein sollte. Der andere Mann warf immer wieder einen Blick auf meine Mutti, wahrscheinlich gefiel sie ihm, so klein und zart wie sie war. Mir war angst und bange. Was für eine Erlösung, als endlich der Papa den Schlüssel wieder in das Türschloss steckte, aufsperrte und wir alle wieder hinausgingen. Ich hatte damals das Lachen der Männer noch lang in meinen empfindlichen Hundeohren.

Die meisten Leute hatten sich entweder an mich gewöhnt oder sie beachteten mich sowieso nicht. Das war mein Pech. Denn ich sage Ihnen, ich wünschte mir nichts sehnlicher, als dass irgendjemandem der vertrocknete, verklebte Fleck auf meiner Vorderpfote aufgefallen wäre. Vielleicht dem Michi und dem Martin. Aber die kümmerten sich nicht mehr um mich; sie hatten schon längst das Interesse an mir verloren.

Ich fühlte mich jedenfalls schmutzig – eine ganz neue Empfindung für mich. Was wäre denn dabei gewesen, wenn jemand zu meiner Mutti gesagt hätte: „Was hat die Putzi denn da für einen Fleck?" Dann hätte die Mutti vielleicht erzählen müssen, wie der Fleck dorthin gekommen war. Aber der Fleck ist ihr ja selber auch nicht aufgefallen, jedenfalls hat sie nie versucht, ihn von mir abzuwaschen. Gewaschen wurde ich eigentlich überhaupt nie, und so ist mit der Zeit mein schwarz-weißes Hundefell immer trüber geworden. Das ging aber so langsam, das ist nicht einmal mir selbst aufgefallen.

Schrei
(Plötzlich ist aus mir dieses „Au!" herausgekommen)

Das erste Wort, das ich in meinem Leben sagte, war eigentlich ein Schrei. Es war ein richtig quietschendes, ekelhaftes, herausgeschrieenes „Au!".

Längst war der klebrige Fleck auf meinem Fell vertrocknet und schließlich verschwunden, die Sache mit den Fotos in dem abgesperrten Zimmer und das Gelächter der Männer hatte ich fast vergessen und ich hatte mich auch längst an die nächtlichen Besuche im Bett gewöhnt. Meistens bin ich wahrscheinlich nicht einmal mehr richtig wach geworden.

Meine Mutti hatte jetzt keine Zöpfe mehr, sondern kürzere Haare, und sie war ein bisschen größer und nicht mehr ganz so dünn, wie sie immer gewesen war. Sie spielte immer schönere, kompliziertere Klavierstücke und für ihre Schulaufgaben brauchte sie immer länger.

Ich war viel allein, und Geschichten hat sie mir schon lange keine mehr vorgelesen. Der Vorhang am Fenster ist ausgewechselt worden, all die schönen Stofftiere waren verschwunden. Jetzt war der Vorhang nur einfach dunkelblau wie meine Einsamkeit.

Ich saß als Schmuckstück in einer Ecke des Zimmers und fühlte mich in die Zeiten der Auslage zurückversetzt, wo ich mit starrem Blick hinaus auf die Straße geschaut hatte. Ein Schmuckstück war ich natürlich genau genommen nicht, denn ich saß in Wirklichkeit schief und unbequem in einer Ecke, mit meinem abgegriffenen Hundefell. Manchmal hat man mich nicht einmal richtig gesehen – kam darauf an, ob das Zimmer aufgeräumt war oder nicht.

Aber eines muss ich meiner Mutti zugute halten: Sie hat mich damals immer noch jede Nacht zu sich ins Bett genommen, sie hat nie auf mich vergessen. Keine einzige Nacht. Auch nicht in dieser, in der ich das erste Wort meines Lebens sagte.

Muttis Papa war wieder einmal da. Seine Hand, sein Keuchen, sein langes Ding, die schütteren Haare – das kannte ich schon. Aber etwas war anders, und darum bin ich wahrscheinlich richtig aufgewacht. Diesmal hat er sein langes Ding mitten in meine Mutti hineingesteckt, wie nie zuvor. Es war so, als würde er sie in der Mitte zerreißen wollen. Ich habe meine guten Manieren vergessen, und mein lustiges Gesicht.

Und plötzlich ist aus mir dieses „Au" herausgekommen, laut, quietschend, es hat sich ekelhaft angehört in meinen Ohren. Und dann noch einmal „Au! Au! Au!" Als hätte ich nicht aufhören können. Dazwischen das Keuchen von Tinas Papa. Ich wusste nicht, was stärker war, das „Au!" oder das Keuchen. Und dann schrie ich „Nein". Und noch einmal: „Nein!" Mein zweites eigenes Wort. Aber es war vergeblich. Tinas Papa hörte nicht auf zu keuchen. Ich hörte nicht auf, Nein zu schreien. Aus Leibeskräften. Endlich wusste ich, was ich all die vergangene Zeit schon tun hätte müssen. Schreien.

Ich habe für meine Mutti geschrien. Sie hat es mir erlaubt, sie hat mir diese Stimme gegeben, sicher, um selbst nicht schreien zu müssen. Sie lag ja da wie immer, mit dem Gesicht zur Decke, unbeweglich und kalt. Meine Stimme konnte ich vom ersten Moment an nicht leiden. Es war eine einprägsame, um nicht zu sagen unerträgliche Stimme, vor der sich die meisten Menschen später erschreckt haben. Diese Stimme war der Grund, warum mich meine Mutti nie gerne hergezeigt hat. Alles, was an mir bis dahin lustig und lieb gewesen war, habe ich in diesen Augenblicken verloren, außer vielleicht mein Gesicht mit der immer noch hübsch glänzenden Hundeschnauze. Mein Gesicht, das nach wie vor erbarmungslos lustig dreinschaute.

42

Es war ein langer Kampf zwischen meinen „Neins!" und „Aus!" und seinem Keuchen. Zum ersten Mal war er richtig wütend auf mich. Als er mit dem Keuchen fertig war, nahm er mich und schleuderte mich vom Bett. Und ich war wieder stumm.

Immerhin hat er meiner Mutti nichts getan; er hat sie nicht aus dem Bett geschmissen wie mich, er hat sie aber auch nicht zugedeckt wie sonst immer und hat ihr auch kein Abschiedsbussi gegeben. Er ist einfach schnell und aufgeregt aus dem Zimmer gegangen und hat irgendwas vor sich hin gemurmelt, das ich nicht verstand. Er hat scheinbar begriffen, dass ich es war, die da geschrieen hatte – auch wenn die Stimme aus dem Mund von meiner Mutti gekommen war, aber es war eben nicht ihre Stimme. Er hatte sich bestimmt über mich geärgert, vielleicht fühlte er sich gestört. Meine Mutti war ja, wie gesagt, brav da gelegen wie immer. Vielleicht hatte er mich, wo ich ja so schrie, stumm machen wollen und mich deshalb vom Bett geschleudert. Das ist ihm in dem Moment auch wirklich gelungen. Denn Schreck macht eben leicht stumm.

Ich saß wieder einmal am Klavier ganz oben, neben der Vase mit den künstlichen Blumen, und meine Mutti spielte etwas ganz Schönes, aber auch ganz Trauriges.

Da hörte ich mich plötzlich sagen, mitten hinein in eine Melodie, die ich am liebsten mitgesummt hätte: „Mutti, was macht dein Papa mit dir in der Nacht?"

„Putzi, er sagt, dass er mich ganz besonders lieb hat und dass ich so schön bin."

„Aber dir gefällt das nicht …"

„Ich bin froh, dass er mich lieb hat."

Es war das erste Mal, dass wir miteinander redeten, ihre sanfte, leise Stimme und meine quengelige prallten aufeinander wie zwei Töne, die nicht zusammenpassen. Man kann bis heute gar nicht glauben, dass beide Stimmen, meine und ihre, nur aus dem Mund von meiner Mutti kamen.

So unterschiedlich unsere Stimmen auch waren, etwas war doch beruhigend: wir gehörten jetzt zusammen, für immer. Ohne sie hatte ich keine eigene Stimme und sie hatte ohne mich keine zweite Stimme. Eine Stimme, die „Au!" und „Nein!" für sie sagte, die manchmal für sie schrie, die manchmal ihren Papa ärgerte.

Wahrscheinlich wegen meiner neu gewonnen Stimme musste ich jetzt leider manchmal doch alleine schlafen gehen, in dem Eck, in dem ich auch tagsüber saß. Einerseits war ich ja froh darüber; es war nämlich kein Vergnügen, das anzuschauen, was der Papa meiner Mutti mit ihr machte. Trotzdem war es zu spät, um mich dauerhaft verstummen zu lassen. Immer wieder mischte ich mich ein. Wozu sonst hatte ich so eine ekelhafte Stimme bekommen?

Selbst wenn ich in meinem Zimmereck saß, begann ich nämlich oft laut zu quengeln, wenn er wieder zu ihr ins Bett stieg. Ich stellte eine Frage oder zwei und mehr, auch wenn ich keine Antwort bekam. Einmal hatte ich mit meinen Störversuchen sogar Erfolg. Der Papa kletterte aus dem Bett, ich sah, wie er grob die Decke auf meine Mutti drauf warf. Fluchend ging er zur Tür: „Verrücktes Geplapper!"

Ich hätte erwartet, dass er die Tür zornig hinter sich zu warf, aber er schloss sie so leise wie immer, dass man fast nichts hörte.

„Er ist fort, er ist fort!", jubelte ich, und meine Mutti ist ausnahmsweise nicht steif und starr im Bett liegen geblieben, sondern aufgestanden und hat mich zu sich geholt.

„Freust du dich?", fragte ich meine Mutti, stolz über meinen Erfolg, darüber, dass ihr Papa endlich weg war.

„Worüber soll ich mich freuen?", antwortete sie mir, und ihre Stimme war dabei so bleich wie ihre Haut. „Er wird jetzt sicher böse auf mich sein."

Ich war entsetzt. Was hatte ich angerichtet?

Ich fühlte mich so, als würde ein Musikstück mitten in der schönsten Melodie abgebrochen, als würde der Klavierdeckel mit einem Knall auf die Tastatur fliegen und als würde ich dadurch mit dem Kopf gegen die Vase mit den künstlichen Blumen prallen.

Für mich begann eine schlimme Zeit. Irgendjemand räumte mich ganz weg, während ich einmal tief und fest schlief. Ich konnte es erst gar nicht glauben. Dort, wo ich aufwachte, war es dunkel und es roch nicht gut, allerhand anderes Zeug war rund um mich, das ich nur schlecht erkennen konnte. Das meiste fühlte sich hart und eckig an. Und das Schlimmste: Selbst wenn ich etwas sagen wollte, rufen wollte: aus mir kam kein Ton. Klar, wenn meine Mutti nicht bei mir war, hatte ich eben keine Stimme. Ich konnte keine Fragen stellen, nicht herumquengeln, gar nichts. Ich war wieder ein hilfloses Stofftier. Wozu war ich überhaupt lebendig geworden? Nur um Muttis Papa zu ärgern? Nur um „Au!" und „Nein!" schreien zu lernen? Und dazu ständig ein lustiges Gesicht zu machen, das niemand ernst nahm?

Ich beschloss zu sterben, das heißt die Augen zu schließen und überhaupt nie wieder aufzumachen. Mein rosa Hundekleidchen würde langsam zu Staub zerfallen, mein schwarz-weißes Hundefell würde ganz grau in grau werden, meine Hundeschnauze und die kahle Stelle auf meiner Vorderpfote würden Risse bekommen. Eines Tages würde man mich nicht mehr erkennen können.

Und die Liebe von meiner Mutti würde auf mir vertrocknen, ganz zuletzt.

Geheimnis
(Aber schreib kein Tagebuch!)

Sie ließ mich nicht sterben. Eines Tages rumpelte die Schachtel, in der ich lag, mit all den anderen harten und eckigen Gegenständen. Es wurde hell um mich. Ich wagte nicht, meine Augen aufzumachen. Hände griffen nach mir, *ihre* Hände, das spürte ich gleich. Sie klopften auf mich und ich wurde geschüttelt. Ich blinzelte aus meinen Augen. Viel sah ich nicht, nur eine Wolke von Staub, und dahinter das Gesicht meiner Mutti. Ganz sicher war ich mir nicht gleich, denn sie sah verändert aus. Ich erkannte sie an ihren dunkelbraunen, großen Augen wieder. Durch ihre Blicke kehrte ich erneut ins Leben zurück, wurde wieder lebendig, so wie damals in der Auslage, als sie zum ersten Mal auf mich geschaut hatte. Nur, dass ich diesmal schon wusste, was es heißen kann, lebendig zu sein.

Zum ersten Mal, seit ich mich erinnern konnte, wurde ich richtig gewaschen. Mein rosa Kleidchen wurde mir ausgezogen, dabei hatte ich mich schon so daran gewöhnt, dass es wie ein Teil von mir geworden war. Ich wurde in warmes Wasser getaucht, so viel wie ein ganzer See, und vorsichtig geschrubbt, mit weißem Schaum. „Da bist du ja wieder, Putzi!", sagte Tina. Und als ich schließlich abgetrocknet und in ein Handtuch gehüllt auf einem Tisch lag, löste sich ein einziges Wort aus mir, eigentlich ein Schrei und ein Schluchzen zugleich: „Mutti!" Ein Wort wie ein ganzes Klavierkonzert.

Mutti nahm mich hoch und drückte meine saubere, glatte Hundeschnauze wieder an ihren Hals, es war wie Nach-Hause-Kommen. Ich kam mir kleiner vor als früher, meine Beine reichten nicht mehr bis zu ihrem Bauch, auch wenn ich mich noch so streckte. Irgendwo auf ihrer Brust endeten meine Hinterpfoten, und die Brust fühlte sich, wie ich so an sie geschmiegt war, weicher an als früher. Ich roch gut, meine Mutti roch auch gut, wenn auch anders als früher. Früher hatte sie manchmal nach Gras gerochen, jetzt roch sie nach Blumen. Sie nahm mich mit ins Bett und ich schloss die Augen. Wir blieben ganz allein im Bett, lagen beisammen unter einer Decke, bis es allmählich dunkel wurde. Wir sprachen nicht, ich wollte meiner Mutti ja auch meine quiekende Stimme ersparen. Sie hätte nicht in die Dämmerung und auch nicht zu Muttis gutem süßem Duft gepasst. Meine Mutti hat nur leise etwas gesungen. Und ihr Papa ist nicht zu uns gekommen.

Einschlafen ist etwas ganz anderes als Sterbenwollen. Man schläft ein, um weiterzuleben.

Meine Mutti hatte jetzt ein anderes Klavier, ein viel größeres, ganz schwarz und glänzend. Trotzdem war oben drauf meistens für mich kein Platz, wenn sie übte. Da wurde nämlich vorher ein großer Deckel schräg aufgeklappt und einmal hat mir meine Mutti gezeigt, wie es darunter aussieht. Sie hat mit einer Hand auf die Tasten gedrückt, mit der anderen mich hochgehalten und ich hab gesehen, wie im Klavier drinnen Saiten angeschlagen wurden. So entstanden also die Töne wirklich. Es hat wie eine eigene Welt ausgeschaut; bis dahin hatte ich ja immer gedacht, die Töne entstehen im Kopf, beim Zuhören.

Manchmal ist der Deckel auch nicht aufgemacht worden und meine Mutti hat trotzdem gespielt. Da durfte ich dann doch wie in alten Zeiten oben sitzen, nur die Vase mit den künstlichen Blumen war fort. Ich hab das Gesicht meiner Mutti dann auf gleicher Höhe gesehen, viel besser als früher, direkt von vorne. Es hat immer anders ausgeschaut, je nachdem, was sie gerade spielte. Wenn es schwierig war und noch sehr abgehackt klang, streckte sie ein klein wenig die

Zunge heraus und zwischen ihren Augenbrauen stand eine Falte. Sie schaute angestrengt auf die Notenblätter vor ihr und vergaß ganz, dass ich ihr genau gegenüber saß. Wenn sie ein Klavierstück aber schon gut konnte, brauchte sie nicht auf das Notenblatt zu schauen, ja, nicht einmal auf die Tasten. Da hat sie auch manchmal die Augen zugemacht, und ihre Hände sind wie von allein über die Tastatur geflogen.

Glauben Sie mir, ich kann seither besser als jeder andere erkennen, wie sich meine Mutti wirklich fühlt. Fröhlich gestimmt, hat ihr Gesicht ganz anders ausgesehen, als wenn sie traurig war – den genauen Unterschied könnte ich Ihnen gar nicht erklären. Aber jedenfalls war es, als hätte ich in ihre Seele blicken können, und das nicht nur, wenn sie Klavier spielte. Sie konnte mir nichts vormachen; ich wusste, wie sie sich fühlte.

Aber, wie gesagt, so oft hatte ich leider nicht mehr das Vergnügen, ihr so direkt zuschauen zu können. Bei aufgeklapptem Deckel war für mich kein Platz auf dem Klavier oben und ich musste meistens in einem Fauteuil sitzen und konnte meine Mutti nur von hinten anschauen, wie sie ihren Rücken zu der Musik bewegte oder ich stellte fest, ob ihre dunklen Haare gerade ein wenig länger oder ein wenig kürzer waren. Das änderte sich von Zeit zu Zeit. Die dicken Zöpfe von früher hab ich nie mehr an ihr gesehen. Schade eigentlich, denn da waren am Ende immer so schöne bunte Spangen dran gewesen.

Meine Mutti hat übrigens mit mir nie wieder über ihren Papa geredet, und ich hab mich nicht getraut zu fragen. Er ist auch nicht mehr zu ihr ins Bett gekommen, obwohl er beim Abendessen oft da war und wie früher geredet hat. Der Michi und der Martin waren weg, ich weiß nicht wohin. Wir saßen in der Küche. Meine Mutti. Ich neben ihr auf der Bank. Ihr Papa. Ihre Mama, die jetzt eine große Brille auf der Nase trug und dadurch ein bisschen hilflos wirkte, so als müsste man ihr genauso bei ihren Bewegungen helfen wie mir, der Hundedame aus Stoff, die sich ja ohne fremde Hilfe auch nicht bewegen kann. Der Papa hat meiner Mutti keine Zuckerl mehr heimlich zugeschoben wie früher. Es war alles in Ordnung.

Ich glaube, meine Mutti weiß gar nicht mehr, was ihr Papa alles mit ihr gemacht hat, nachts im Bett.

Ich bin die einzige, die das weiß. Und ich würde eigentlich auch nicht so oft daran denken, wenn ich nicht wüsste, dass ich meine Stimme damals bekommen habe, vor allem, um „Au!" und „Nein!" zu sagen. Über meine Stimme war ich wirklich unglücklich, meine Mutti konnte sich mit mir nirgends zeigen, das verstand ich. Alle wären erschrocken, dass eine Hundedame aus Stoff so quietschend redete. Ich versteh nicht, warum mir keine angenehmeren Laute gelingen, bis heute nicht. Ich finde das ungerecht. Meine Mutti hätte mir schon noch eine zweite, nettere Stimme geben sollen, mit der ich andere Leute begeistern hätte können. Oder dass man sich zumindest nicht für mich genieren musste, wenn ich einmal in der Öffentlichkeit war. Das ist aber eh nie vorgekommen. Meine Mutti hatte mich sehr lieb, da war ich mir sicher. Aber hergezeigt hat sie mich nie gerne, leider.

Immer öfter ist jetzt ein fremder Mann zu Mutti ins Zimmer gekommen und hat sich am Klavier auf einen Hocker neben sie gesetzt. Ihm spielte sie vor, was sie geübt hatte. Und mit welcher Hingabe! Ich war eifersüchtig, obwohl ich mir nichts anmerken ließ und wie eh und je mein lustiges Gesicht machte, natürlich. Ich musste stumm im Fauteuil sitzen, als gäbe es mich gar nicht. Weder meine Mutti noch der fremde Mann haben je einen Blick zu mir her geworfen. Es war, als ob sie nur für ihn spielte. Von der Seite hab ich gesehen, dass seine kurz geschorenen schwarzen Haare über den Schläfen ergraut waren, ebenso wie sein Bart. Seine Haare schauten irgendwie ganz glatt aus, so wie meine auch sind.

Früher hatte meine Mutti nur für mich Klavier gespielt, manchmal auch für ihre Mama, die ihr ebenfalls gerne zuhörte, wenn sie irgendwann einmal eine kleine Arbeitspause machte. Aber jetzt spielte sie nur für diesen fremden Mann und mir war, als ob ihre Töne mich gar nicht erreichen konnten, als ob sie irgendwo im Raum vor mir hängen blieben, als gäbe es zwischen mir und den Tönen eine Glasscheibe – so eine wie damals in der Auslage. Die Glasscheibe, die mich von den vorbeigehenden Leuten getrennt hatte.

Auch jetzt fühlte ich mich wieder wie damals – hinter eine unsichtbare Wand gedrückt. Und darum hab ich diesen Mann, ehrlich gesagt, gehasst. Ich war das erste Mal in meinem Leben eifersüchtig und fühlte mich wie ein Stück Scheiße, von dem niemand was wissen will. Es ist ein Drama, wenn man merkt, dass man nicht mehr das Wichtigste im Leben des Menschen ist, der für einen selber das Ein und Alles ist. Hier, in meiner aussichtslosen Lage am Fauteuil, sehnte ich nichts mehr herbei als den Moment, dass der Mann wieder ging.

Wenn er weg war, hat sich meine Mutti manchmal auf das Bett gelegt, ohne mich zu beachten, und in die Luft geschaut. Manchmal hat sie auch einfach am Klavier weitergespielt, als wollte sie dem Mann noch einen Gruß nachschicken.

Ich konnte es aber auch nicht leiden, wenn sie mich in den Arm genommen hat und von ihm zu erzählen anfing. Wie gut er Klavier spielen kann, wie freundlich er ist, wie nett er lächelt, wie aufmerksam er ihr zuhört und so weiter und so fort, die ganze Scheiße eben, die mich richtig ankotzte. Für mich war er nur ein Mann mit grauen Haaren über den Schläfen, und mit Haaren auf den Händen wie ihr Papa! Und dazu passte meine Mutti gar nicht, mit ihren dunkelbraunen großen Augen, mit ihrer weichen Brust und dem zarten, glatten Körper, den sie immer unter einem großen Pulli und weiten Hosen versteckte, aber ich wusste ja, wie sie ausschaute, im Nachthemd. Nein, das konnte nicht zusammenpassen.

Beim Klavierspielen wurde sie allerdings immer besser. Die Stücke, die sie spielte, wurden länger und abwechslungsreicher. Sie spielte ganz viel auswendig mit geschlossenen Augen; ich muss zugeben, dass es sich sehr schön anhörte. Sie lernte viel bei diesem fremden Mann. Und wenn ich mit ihr allein im Zimmer war, dann erreichten mich ihre Töne auch meistens, immerhin. Aber manchmal spielte sie sogar nur für ihn, auch wenn er gar nicht da war. Ich versuchte zwar krampfhaft so zu tun, als ob ich das nicht bemerkte, aber es gelang mir nicht, es tat mir einfach zu weh.

Wenn der fremde Mann da war und neben meiner Mutti saß, hat er nie viel geredet. Nur zugehört. Manchmal spielte er ein paar Takte selber oder legte seine feinen schlanken Finger ruhig auf die Tasten. Auf dem Handrücken kräuselten sich seine dunklen Haare. Manchmal zeigte er mit dem Bleistift auf eine Stelle am Notenblatt und sagte etwas dazu.

Ich verstand ja, dass sie einen Klavierlehrer brauchte. Aber trotzdem ärgerte ich mich, dass sie ihn so verehrte. Ja, sie verehrte ihn, das war sicher genau das richtige Wort. Es war so, wie seinerzeit die vielen Kinder auf die blonde schlanke Puppe in unserer Auslage geblickt hatten. Vielleicht war meine Mutti auch ein bisschen neidisch auf das Können oder Wissen ihres Lehrers, so wie ich als unbeachtete Hundedame damals neidisch gewesen war auf die viel bewunderte blonde Puppe. Und wenn man neidisch auf etwas ist, dann sieht man eben die weniger schönen Seiten nicht. Ich weiß zum Beispiel bis heute nicht, ob die blonde, schlanke Puppe nicht auch einen Fehler hatte, so wie ich meinen kahlen Fleck. Ich habe nur den Glanz und den Glitzer gesehen und die begehrlichen Blicke der Kinder. Alle hatten sie haben wollen. Nur sie.

Einmal, als der Klavierlehrer wieder da war, hat es draußen sehr stark zu regnen begonnen. „Wollen Sie nicht warten, bis der ärgste

Regen vorbei ist?", fragte meine Mutti den Mann, nachdem sie den letzten Ton gespielt hatte. Beide waren unschlüssig nebeneinander dagesessen. Er schaute zuerst zum Fenster hinaus und danach auf seine Armbanduhr, dann sagte er: „Ja, das wird besser sein. Ich habe nur dünne Leinenschuhe an. Ich bin Ihnen sehr dankbar."

Ich hab mich vielleicht geärgert, denn wie immer hatte ich ja, nutzlos und überflüssig in meinem Fauteuil hockend, den Moment herbeigesehnt, dass er endlich ging. Sie setzten sich an den Tisch beim Fenster und beugten ihre Köpfe über Notenblätter. Und redeten und redeten. Ich sah, dass er mit einem Bleistift Notizen an verschiedenen Stellen machte. Manchmal trommelten seine Finger einen Takt auf den Tisch. Sie waren sehr in die Arbeit vertieft, so eng beisammen. Ein bisschen zu eng, glaubte ich. Aber mich fragte ja niemand. Es regnete und regnete. Ein Ende war nicht abzusehen. Das Licht im Zimmer verdunkelte sich. Er schaute schließlich auf seine Armbanduhr und sagte: „Jetzt muss ich wohl trotzdem los. So lange kann ich nicht warten." Meine Mutti ging neben ihm zur Tür und sie gaben sich die Hand, wie immer. Er hatte schon eine Hand auf der Türklinke, als meine Mutti den Kopf senkte und mehr in Richtung Boden als zu ihm murmelte: „Ich muss Ihnen noch etwas sagen."

Es entstand eine Pause, in der er nichts anderes machte, als seine Hand von der Türklinke zurückzunehmen. Ich spitzte die Ohren. „Ich habe mich verliebt", stieß meine Mutti in die düstere Luft, ich hörte ihr Herzklopfen aus jedem Wort. Unheil. Eifersucht. Panik. Alles stürmte auf mich ein. Ich wollte meine Mutti nicht wieder verlieren. Ich wollte auf keinen Fall wieder weggeräumt werden, an diesen dunklen, übel riechenden Ort, der mir nur Lust aufs Sterben gemacht hatte, und sonst nichts. Und ich wollte, dass sie wieder für mich Klavier spielte, nur für mich allein.

Meine Mutti hob, nachdem sie „Ich habe mich verliebt" gesagt hatte, ihren Kopf. Von meinem Platz im Fauteuil aus konnte ich das gut sehen, trotz der Dämmerung im Zimmer. Jetzt schaute sie direkt in das Gesicht des Klavierlehrers. Man muss nicht immer Worte aussprechen, um Fragen zu stellen.

Sein Gesicht konnte ich nicht sehen, aber er legte die Hand, die er vorhin auf der Türklinke hatte, kurz auf ihre Haare, so wie es auch ihr Papa manchmal gemacht hatte. „Mir geht's auch so", sagte er ganz leise, tröstlich. Sie hatte ihre großen dunkelbraunen Augen sehnsüchtig auf ihn gerichtet, so ähnlich wie damals, als sie mich zum ersten Mal in der Auslage erblickt hatte. Er streichelte noch einmal über ihr Haar und ich bemerkte, wie er wieder auf seine Armbanduhr schaute. Dann legte er die Hand auf die Türklinke zurück und sagte noch: „Aber schreib kein Tagebuch!" Es war das erste Mal, dass er sie mit Du anredete. Gleich darauf war er bei der Tür hinaus.

Die schmale Gestalt meiner Mutti blieb verloren im Raum zurück, der noch düsterer geworden war. Der Regen draußen tropfte nur mehr vom Dach. Ich wünschte dem Klavierlehrer viele Pfützen, in die er mit seinen komischen Leinenschuhen treten sollte. Ich hasste ihn. Und verbrachte eine einsame Nacht auf dem Fauteuil. Meine Mutti hatte mich einfach vergessen.

Tagebuch? Was war denn das schon wieder? Was hatte er da gesagt? Warum sollte sie kein Tagebuch schreiben? Ich zerbrach mir meinen Kopf und konnte nicht einschlafen. Was ein Buch ist, das wusste ich längst – viele Seiten mit gedruckten Buchstaben, etwas ganz anderes als Notenblätter. In Büchern sind auch manchmal Bilder, das hab ich besonders gern. Und auch wenn meine Mutti mir schon lange nichts mehr vorgelesen hatte, so erinnerte ich mich in dieser Nacht doch an die vielen Bilder. Ich erinnerte mich auch an die Geschichten, die ich mir selber zu Muttis Klavierübungen ausgedacht hatte. In dieser Nacht wurde mir klar, dass ich es endgültig satt hatte, so oft allein zu sein. Ich wünschte mir ein richtiges Stofftier als Kompagnon. Eines, von dem ich wissen würde, wie es sich verhielt, eines, das keine Worte aussprach, die ich nicht verstand. Vieles, was ich erlebt und gesehen habe, ist mir letztlich ein Rätsel geblieben, bis heute, wo ich Ihnen das alles erzähle. Zum Beispiel, warum dieser Klavierlehrer meiner Mutti über das Haar strich und gleichzeitig heimlich auf seine Armbanduhr schaute. Warum er sagte „Schreib kein Tagebuch." Und was das überhaupt war, ein Tagebuch.

Am nächsten Morgen – meine Mutti lag noch im Bett, war aber schon wach, es war ziemlich früh – nahm ich all meinen Mut zusammen und beschloss, nicht darauf zu warten, bis sie mir endlich wieder mal meine Stimme gab. Ich wollte auf mich aufmerksam machen. Irgendwas musste ich jetzt tun, um nicht immer so allein zu sein. Normalerweise war ich nicht besonders darauf erpicht, etwas zu sagen, wie Sie sich denken können, denn ich höre meine Stimme selber nicht gern, dieses ekelhafte Quieken. Aber ich hatte keine andere Wahl. „Mutti, was ist ein Tagebuch?", presste es sich aus mir heraus. Meine Mutti schien gar nicht erstaunt, dass ich so unerwartet redete und gab mir auch gerne Antwort, so als hätte sie sich selbst schon gefragt, warum ihr Lehrer so etwas gesagt hatte.

„Ein Tagebuch, das ist ein Notizheft, in das man schreibt, was man an einem Tag erlebt oder gedacht hat", antwortete meine Mutti. Und sie holte mich zu sich ins Bett, endlich. Es hat doch sein Gutes, wenn man manchmal etwas sagt und nicht immer nur wartet, bis man endlich bemerkt wird.

Ich wusste so ziemlich alles, was meine Mutti zuhause in ihrem Zimmer tat – alles erzähle ich ja gar nicht. Aber ein Tagebuch hatte ich sie noch nie schreiben sehen. Nur um sicher zu sein, fragte ich sie trotzdem: „Aber du schreibst doch gar kein Tagebuch, oder?"

„Nein."

„Und warum sagt dann dein Lehrer, dass du keines schreiben sollst, wenn du eh keines schreibst?"

„Das weiß ich nicht. Ich habe auch schon darüber nachgedacht. Vielleicht glaubt er, dass ich eines schreibe. Viele Kinder in meinem Alter schreiben eines, er hat ja viele Schüler und Schülerinnen."

Das leuchtete mir ein und mir fiel keine neue Frage ein, also verstummte ich wieder. Meine Mutti musste ohnehin aufstehen, um wegzugehen, in die Schule. Sie hatte jetzt nicht mehr diese rote Tasche am Rücken wie früher, sondern trug eine braune Tasche in der Hand, die sie manchmal mit einem Riemen seitlich umhängte. Sie sah damit sehr groß und ernst aus. Ich blieb mit meinem lustigen Gesicht und meinen Gedanken zurück im Bett. Sie hatte mir keinen Kuss zum Abschied gegeben, wie sonst immer.

In der nächsten Zeit lernte ich verstehen, was ein Geheimnis ist. Der Klavierlehrer saß jetzt meistens ein bisschen näher neben meiner Mutti oder er stand hinter ihr und sein Bauch streifte leicht an ihrem Rücken – mir grauste, ehrlich gesagt. Abgesehen davon war ich natürlich nach wie vor eifersüchtig. Der Schmerz stach in mir, ich wusste gar nicht, dass es mir auch innen drin weh tun kann. Bis dahin hatte ich gedacht, ich würde nur aus schwarz-weißem Hundefell mit kahler Stelle, großen Ohren, einem lustigen Gesicht mit glänzender Schnauze, vier Pfoten und einem kleinen Schwanz bestehen. Das Wichtigste bis dahin war für mich gewesen, dass mich niemand mit Papierkugeln bewarf oder auf den Boden schleuderte und dass ich nicht weggeräumt wurde und irgendwo unbequem auf eckigen Gegenständen liegen musste.

Ich weiß bis heute nicht, was ich innen drin habe, aber es muss etwas Weiches sein, in das man mit Stricknadeln, wie sie die Mama von meiner Mutti früher oft verwendete, tief hineinstechen kann. Denn genau so fühlte ich mich innen drin, wenn ich an den Klavierlehrer dachte und dann die sehnsüchtigen Blicke sah, die meine Mutti ihm zuwarf. Sie spielte noch dazu ganz wunderbar Klavier. Das ganze Zimmer, wahrscheinlich das ganze Haus und der ganze Garten vor dem Haus waren voll mit Musik, so dass mir manchmal ganz schwummerig im Kopf wurde. Sogar ihre Mama kam öfter ins Zimmer, um andächtig dazustehen und zuzuhören, mit ihrer dicken Brille, an die ich mich so gar nicht gewöhnen konnte. Sie sagte nicht mehr „Sehr brav, Tina" wie früher. Sie sagte gar nichts.

Vielleicht wusste sie auch, so wie ich, dass dieses Klavierspiel nicht mehr mit „brav" zu beschreiben war.

Jedenfalls fiel mir auf, dass der Lehrer ganz schnell von meiner Mutti wegrückte, wenn die Tür aufging und ihre Mama ins Zimmer kam. Manchmal redeten die drei noch miteinander, bevor sich der Klavierlehrer verabschiedete.

„Fräulein Tina, Sie haben diesmal wirklich hervorragend gespielt, aus Ihnen wird noch was", sagte der Mann zu meiner Mutti, bevor er ging. Er gab auch noch ihrer Mama die Hand. Ich fragte mich, warum er Sie zu meiner Mutti sagte, wenn ihre Mama im Raum war. Und warum er Du zu ihr sagte, wenn nur ich da war.

So ist das mit Geheimnissen: sie fangen langsam an, wie die Nacht.

Was nirgends geschrieben ist und nicht erzählt werden darf, das ist ein Geheimnis. Vielleicht war es auch ein Geheimnis, was Tinas Papa in so vielen Nächten mit ihr gemacht hatte; ich dachte damals kaum noch dran, aber vergessen hatte ich es auch nicht. Vielleicht hatte meine Mutti gerne Geheimnisse und schrieb auch deshalb kein Tagebuch. Statt dessen bewahre ich bis heute ihre Geheimnisse auf. Vielleicht fragt sie mich ja einmal nach ihrem Papa.

Sie haben sich geküsst; ich habe es kommen sehen, lang bevor es so weit war. Der Klavierlehrer streifte diesmal nicht nur mit seinem

Bauch am Rücken meiner Mutti, sondern er hatte auch eine Hand an ihrem Hals, genau dort, wo ich meine Hundeschnauze immer so gerne hinlegte. Und mit den Fingern streichelte er über ihre Haut, diese weiche, glatte, nach Blumen duftende Haut. Sie hörte auf, Klavier zu spielen, und blieb eine Weile sitzen, mit ihren Händen auf der Tastatur. Es war plötzlich ganz, ganz still im Zimmer. Still. Ich konnte nur das Herzklopfen meiner Mutti hören. Sie drehte sich um, sie gab mit ihren Füßen dem Drehhocker einen vorsichtigen Stoß, so als wäre sie nicht ganz sicher, was sie tun sollte.

Der Klavierlehrer nahm ihren Kopf in seine Hände und presste ihn zwischen seine Beine, unterhalb von seinem Bauch. Er bewegte mit seinen Händen ihren Kopf hin und her, so wie ich seinerzeit am Ladentisch hin und her bewegt wurde. Es sah irgendwie aus als würde sie „Nein!" sagen wollen, aber ich glaube, das täuschte. Sie sagte gar nichts.

„Sehr gut", sagte der Klavierlehrer ganz leise. Es klang anders, als wenn er „Sehr gut" zu ihrem Klavierspiel sagte. Als hätte es diesmal eine andere Bedeutung. Es war kein Lob für sie, sondern als wäre er mit sich selbst „sehr gut" zufrieden. Nach einer Weile zog er sie hoch zu sich; sie reichte ihm knapp bis zum Kinn. Er presste ihren Körper an sich, sie verschwand fast darin. Die ganze Zeit hatte er seinen Blick auf die Tür gerichtet. Meine Mutti hatte hingegen die Augen geschlossen.

Schließlich küssten sie sich: Er presste seine Lippen auf die ihren, immer noch mit dem Blick auf die Tür. Seine Hände lagen auf ihrem schmalen Popo und drückten ihn an sich, ließen ihn wieder locker und drückten ihn wieder. Sie kam mir in seinen Händen wieder einmal vor wie ein wehrloses Stofftier, mit dem man alles machen kann. Und er wusste scheinbar ganz genau, was er machen wollte. Der Kuss dauerte nicht besonders lang. Als der Klavierlehrer seine Lippen von denen meiner Mutti löste, ziemlich plötzlich, öffnete sie ihre Augen und schaute ihm ins Gesicht. Er erwiderte ihren Blick aber nicht; er hatte den Kopf ein wenig zurückgelegt, schaute jetzt in die Luft und bewegte sich nur mehr leicht mit dem Unterleib.

Dann stöhnte er unterdrückt auf. Danach war es still.

Er zog sich von ihr zurück und ließ sie einfach so da stehen, mit ihren geröteten Wangen und den hängenden Schultern, mit dem großen Klavier hinter ihrem Rücken. Er warf einen Blick in den Spiegel neben der Tür, strich seine Haare ordentlich glatt und schaute wieder auf seine Armbanduhr. „Ich muss jetzt gehen", sagte er, und man konnte an seinem Tonfall nicht erkennen, dass er gerade zuvor meine Mutti geküsst hatte. „Und wenn du irgendwem was erzählst, erschlag ich dich. Das muss unser Geheimnis bleiben", sagte er noch, als er an der Tür stand.

„Ich werde nie jemandem etwas erzählen", sagte meine Mutti, mit einer Stimme, die ich schon lange nicht mehr von ihr gehört hatte. Ihre dünne schüchterne Kinderstimme.

„Er liebt mich, es ist halt eine schwierige Liebe. Lehrer und Schülerinnen dürfen sich nicht lieben", sagte sie später zu mir. Ihre Stimme klang dabei wieder voller, stolzer. An ihrem Gesicht konnte ich ablesen, dass sie glücklich war.

„Nein, er liebt dich nicht. Er schaut immer auf die Uhr. Das tut man nicht, wenn man jemanden liebt", wollte ich sagen, aber ich hab es nicht übers Herz gebracht. Ich wollte ihr Glück nicht stören.

Verlieben
(Wir Stofftiere wissen wahrscheinlich mehr
als die Menschen glauben, und das verbindet uns)

Ich war jetzt öfter auf Reisen – ein ganz neues Gefühl für mich.
Meine Mutti stand zu Reisezeiten besonders lang vor dem Spiegel
und sah danach immer ein bisschen anders aus. Ihre Wimpern
kamen mir dann länger vor, wie bei manchen Puppen aus meiner
Auslagenzeit. Sie saß auf dem Bett und blätterte gedankenverloren in
einer Zeitung oder einem Buch. Ich bin sicher, sie hätte mir nicht erzählen können, was sie darin las. Oder sie ging im Zimmer auf und
ab und schaute immer wieder zum Fenster hinaus; ich saß nur reglos
auf meinem Fauteuil. Dann hörte ich es draußen hupen und sie ging
fort, ohne einen weiteren Blick auf mich zu werfen. Und sie war auch
am nächsten Morgen nicht da, wenn ich wieder aufwachte.

Eines Tages war sie wieder unruhig im Zimmer auf und ab gegangen, bis es endlich hupte. Ich erwartete wieder eine einsame Nacht.
Da packte sie mich unerwarteter Weise – nicht besonders vorsichtig,
wie ich es sonst von ihr gewöhnt war. Sie stopfte mich in eine Tasche,
unbequem, nur eines meiner Ohren hing hinaus. Ich hörte die Zim-
mertür ins Schloss fallen und dann noch die Haustür. Ich hörte ihre
Schritte über dem Kies vor dem Haus, schnelle Schritte. Dann hörte
ich wieder eine Tür zufallen, gefolgt von einer Pause, in der alles be-
klemmend still war.

„Ich freu mich schon!", ertönte die Stimme des Klavierlehrers, und
meine Mutti piepste mit ihrer Kinderstimme zurück: „Ich auch."

Dann heulte der Motor des Autos auf, und der Kies knirschte unter
seinen Rädern.

59

Ich wünschte mich zurück in Muttis Zimmer. Ich hatte Angst.

Im Motorenlärm hörte ich nichts weiter, nur undeutlich die Stimmen von meiner Mutti und dem Lehrer – eher die von ihm. Ich hasste meine Lage hier in der Tasche und war auch empört über diese Behandlung. Es kam nicht oft vor, dass mich meine Mutti wirklich wie ein Stofftier behandelte und nicht wie ein eigenständiges Wesen. So wie sie mich diesmal achtlos in diese Tasche gestopft hatte, dachte sie wohl wirklich, dass ich nichts empfand. Aber wenigstens roch es gut in dieser Tasche; es roch nach Muttis Nachthemd.

Ich war gerade noch damit beschäftigt, mit meiner Lage zu hadern, als mir auffiel, dass der Motorenlärm nicht mehr da war. Ich spitzte mein heraushängendes Ohr und hörte den Klavierlehrer keuchen. So ähnlich, wie ich es ja schon vom Papa meiner Mutti kannte.

Es dauerte nicht lang, bis der Motor wieder angelassen wurde. „Du stellst dich sehr geschickt an", hatte zuvor der Klavierlehrer noch zu meiner Mutti gesagt, mit dieser brummigen Stimme, die ich eigentlich noch ekliger als meine fand. Ich überlegte schon, ob ich nicht wieder mal ein bisschen quieken sollte, um ihn abzuschrecken, so wie damals den Papa von meiner Mutti. Aber diesmal war ja alles anders. Meine Mutti war glücklich, sie liebte diesen Klavierlehrer, wie sie sagte. Aber sie sah nicht, dass er eigentlich keine Zeit für sie hatte. Noch dazu hatte er ein Kind und eine Mama für dieses Kind.

Wenig später kam ich nämlich drauf, warum meine Mutti mich auf diese unbequeme Reise mitgenommen hatte. Sie zeigte mich, immerhin endlich einmal, her. Sie zog mich aus der Tasche und hielt mich vor das Gesicht eines kleinen Mädchens, das viel kleiner war als meine Mutti damals, als sie mich lebendig gemacht hatte. Ich schaute in ein neugieriges Gesicht, das von blonden Locken umrahmt war, und kleine Hände tappten nach mir. Ich mag es bis heute gern, wenn ich vorsichtig angegriffen werde, um nicht zu sagen, ich bin manchmal immer noch ganz hungrig danach. Gerade damals kam es ganz selten vor, dass mich jemand außer meiner Mutti berührte. Meistens wurde ich nicht beachtet, auch wenn ich gut sichtbar in einem Fauteuil oder auf dem Bett von meiner Mutti saß. Alle, die mich sahen, glaubten ja, dass ich nur eine Zierde für das Zimmer war. Eine zweifelhafte Zierde wahrscheinlich, wenn ich bedenke, wie ich aussah.

Also können Sie sich vorstellen, dass ich ganz begeistert war von der neugierigen Berührung durch dieses kleine Mädchen mit den blonden Locken. Ich war so begeistert, dass ich sogar etwas sagte: „Ich bin die Putzi", sagte ich. „Und wer bist du?" –

„Sandy", kam es zurück. Das Mädchen lachte über meine quäkende Stimme und versuchte, sie nachzuahmen. Ich war darüber ganz erstaunt, weil ich ja glaubte, eine unangenehme Stimme zu haben, vor der sich alle erschrecken müssen. Aber vielleicht hören Kinder anders.

So viel Aufmerksamkeit wie von Sandy hatte ich jedenfalls schon lange nicht bekommen. Sie trug mich mit sich herum, und ich hatte das Gefühl, viel größer zu sein, als wenn mich meine Mutti herumtrug. Ich fühlte mich sogar riesig, wenn ich das sagen darf, ich kleines Stofftier. Meine Beine baumelten bis weit unter den Bauch von Sandy und neugierig betrachtete ich das Zimmer. Es war viel größer als das von meiner Mutti. Ein Klavier stand auch da und an den Wänden waren ganz viele Bücher. Wenn ich einen Blick auf meine Mutti warf, sah ich sie vor den Büchern stehen und einmal das eine und dann wieder das andere herausnehmen. Manchmal setzte sie sich damit auf den Boden und blätterte darin.

Ich hatte gerade Kirchenglocken läuten gehört, durch ein offenes Fenster, als ich mich zum ersten Mal im Leben selbst verliebte: Er saß in einem Puppenwagen, wie sie damals in dem Geschäft auch verkauft worden waren und wie ich sie später nie wieder gesehen habe. Sandy legte mich zu ihm, auf ein weißes, mit Spitzen besetztes Kissen. Ich lehnte an ihm, unabsichtlich. Schließlich kann ich nichts dafür, wie ich hingesetzt werde. „Schau, Poldi, das ist die Putzi", sagte Sandy und führte uns mit dem Puppenwagen ich weiß nicht wohin. Ich sah verschieden bemalte Wände, wir marschierten durch verschiedene Türen und am Ende standen wir wieder in dem Zimmer mit den vielen Büchern, über mir eine Lampe mit vielen kleinen Lichtern. Aber was ich auch sah, war mir ohne Bedeutung, obwohl ich ja sonst schon immer neugierig war: Ich spürte nur seine Nähe. Poldi war ein Schweinchen aus Stoff. Ich wusste das, weil ich früher mit meiner Mutti manchmal Bilder von verschiedenen Tieren in einem Buch betrachtet hatte. Ich konnte mich nicht erinnern, dass in der Auslage damals ein Schweinchen aus Stoff gesessen wäre. Poldi hatte eine Schnauze mit zwei großen Löchern darin; das sah lustig aus, ganz anders als meine Hundeschnauze. Seine Augen waren klein und klug. Als wüsste er sehr viel, wie er da so im Puppenwagen saß. Wir Stofftiere wissen wahrscheinlich mehr als die Menschen glauben, und das verbindet uns. So hatten Poldi und ich von Anfang an auch ein Geheimnis miteinander, von dem niemand etwas ahnte.

Ich verbrachte die ganze Nacht im Puppenwagen. Meine Mutti hatte irgendwann das Licht im Zimmer abgedreht, die vielen kleinen Lichter in der Lampe gingen gleichzeitig aus. Nur der Mond leuchtete eine Zeit lang durch das Fenster auf uns, bevor ich glücklich, an Poldi gelehnt, einschlief. Und meine Mutti nicht vermisste.

Ich durfte Poldi jetzt öfter besuchen und neben ihm im Puppenwagen sitzen. „Das ist dein Kompagnon, Putzi", erklärte mir Sandy mit einer sehr wichtigen und gescheiten Stimme. Ich glaube, sie hat versucht, meine Stimme nachzumachen. Jedenfalls habe ich durch Sandy gelernt, was ein Kompagnon ist: jemand, der immer an deiner Seite ist. Wenn mich nicht alles täuschte, hat Poldi sich auch gefreut, wenn ich kam. Seine Schweinsaugen funkelten mich immer erwartungsvoll an, bevor ich wieder auf das weiße mit Spitzen besetzte Kissen platziert wurde. Sandy setzte mich sehr sorgfältig in den Puppenwagen, sie hat sich sehr um mich gekümmert. Niemals schmiss sie mich einfach irgendwohin und vergaß mich dort. Sie war so ähnlich wie meine Mutti, als sie noch klein gewesen war.

Sandy redete viel mit mir und mit Poldi. Mir kam vor, dass ihr dabei das Herz überging. Sie plapperte und plapperte. Manchmal, wenn uns meine Mutti zuschaute, gab ich auch Antwort, und Sandy musste immer über mich lachen. Ich hoffte, Poldi auch. Denn gerade für ihn legte ich mich mit dem Lustig-Sein besonders ins Zeug – das ist immerhin das, was ich am besten kann. Es war wirklich eine schöne Zeit, eine Erinnerung an vergangene Glückseligkeit, als meine Mutti noch klein war und ich noch nichts von den nächtlichen Besuchen ihres Papas wusste und sie noch nicht in den Klavierlehrer verliebt war.

Der Klavierlehrer war der Papa von Sandy. Bei ihr hab ich ihn aber nur selten gesehen. Wenn ich Poldi besuchen durfte, stand die Mama von Sandy meistens schön herausgeputzt vor der Eingangstür, mit einem etwas ungeduldigen Gesicht, als ob sie schon zu lange warten hätte müssen. Der Klavierlehrer stellte sein Auto vor dem Haus ab, stieg aus, ging auf Sandys Mutter zu und gab ihr einen zarten Kuss auf die Wange. Meine Mutti stieg ein bisschen langsamer aus und schüttelte der Frau die Hand. Schüchtern, mit leicht gesenktem Kopf. Dann legte der Klavierlehrer den Arm um die Frau und führte sie zur Autotür, die er ihr höflich öffnete. Beide stiegen ein und weg waren sie.

Niemand wusste, was ich kurz zuvor mit eigenen Augen gesehen hatte: Meine Mutti hatte das lange Ding des Klavierlehrers aus seiner Hose geholt, daran so herumgerieben, wie er ihr das genau zeigte und anschaffte und dann steckte sie das Ding in ihren Mund, erst vorsichtig und dann immer mehr, als würde sie daran ersticken wollen. Er hatte dabei die Hand auf ihrem Kopf. „Langsamer. Sonst komm ich gleich", sagte er einmal ohne die Lippen dabei zu bewegen. Das sah komisch aus. Es dauerte nicht lang, dann sah ich wieder diese weiße Flüssigkeit, die ich schon vom Papa meiner Mutti kannte. Sie traf meine Mutti mitten im Gesicht, wie das Wasser aus einer Spritzpistole. „Das nächste Mal kannst es auch runterschlucken", hörte ich den Klavierlehrer streng sagen. „Es schmeckt eigentlich nach nichts! Und man muss nicht so viel wegputzen." Er wischte das Gesicht meiner Mutti mit einem Taschentuch ab und sein Ding auch. Dann startete er den Motor und ich sah, wie das Auto aus einem Wald hinausfuhr; immer mehr Himmel schimmerte zwischen den Bäumen durch.

Normalerweise konnte ich nicht sehen, was meine Mutti und der Klavierlehrer miteinander machten, wenn der Motor des Autos abgestellt war. Aber diesmal war die Tasche, in der ich wieder steckte, umgefallen. Ich war herausgefallen, irgendwo am Rücksitz liegengeblieben und hatte zwischen den beiden Vordersitzen genau durchschauen können, direkt auf den Kopf meiner Mutti und das Ding von dem Klavierlehrer. Das ich lieber nicht gesehen hätte.

Ehrlich gesagt, war ich froh, dass Poldi kein richtiger Mann war, sondern nur ein Stofftier. Er hatte kein Ding zwischen den Beinen, mit dem man sich ständig beschäftigen musste.

Es fiel mir immer sehr schwer, wenn ich von Poldi getrennt wurde. Ich verbrachte die Nächte neben ihm, entweder im Puppenwagen oder auch in Sandys Bett. Und ich wollte nicht schlafen, denn ich wollte jeden Augenblick neben ihm genießen, weil ich wusste, dass ich ihn am nächsten Morgen verlassen musste. So saß ich offenen Auges da, lauschte dem ruhigen Atem von Sandy und schaute dem Mond zu, wie er am Fenster vorbeizog. Die Vorhänge waren immer offen. Poldi machte keinen Muckser. Viel war ja, ehrlich gesagt, mit ihm nicht anzufangen. Ich hatte keine Ahnung, ob er neben mir auch so zufrieden war wie ich neben ihm. Aber als Stofftier konnte er ja nicht von mir wegrücken, wenn ich an ihm lehnte. Und das nützte ich schamlos aus, ich musste schauen, was ich kriegen konnte.

Obwohl ich eigentlich größer war als er, zeigte ich mich schwach, sobald sich dazu die Möglichkeit bot. Einmal ruckte es heftig im Puppenwagen, keine Ahnung, warum. Aber mein Kopf fiel dabei auf Poldis Schulter, und das kam mir sehr gelegen. Ich glaube, es gefällt Männern, sogar solchen wie Poldi, wenn sich Damen schwach zeigen. Einmal – so bildete ich mir ein – hörte ich so etwas wie ein behagliches Grunzen von ihm.

Seit ich ihn kannte, war ich nicht mehr so eifersüchtig, wenn meine Mutti den Klavierlehrer mit ihren großen dunkelbraunen Augen anhimmelte.

Nachts blieb ich also meistens wach, und ich wünschte mir, die Zeit würde stillstehen und es würde nie hell werden. Irgendwann ging im Vorzimmer das Licht an und ich hörte den Klavierlehrer mit Sandys Mama leise reden. Die Frau steckte dann ihren Kopf in Sandys Zimmer, sah aber, dass alles ruhig war, und machte die Tür leise hinter sich zu. Durch einen schmalen Spalt an der Tür sah ich, dass das Licht im Vorzimmer nach einer Weile ausging. Und dann war es wieder ganz still im Haus, bis auf das Atmen von Sandy oder wenn sie sich im Bett umdrehte.

Es war so, als hätte alles seine Ordnung. Nur ich wusste, dass etwas nicht ganz richtig war.

Wenn es anfing draußen hell zu werden, wusste ich, dass ich mich bald von Poldi verabschieden musste. Er nahm es regungslos zur Kenntnis. Meine Mutti kam leise ins Zimmer, griff nach mir und stopfte mich wieder in diese Tasche, die nach ihrem Nachthemd roch.

Die Frau fragte meine Mutti: „War die Sandy brav?" – „Ja, sehr", antwortete meine Mutti. Ich glaube, sie mochte das kleine Mädchen wirklich sehr gern, vielleicht auch deshalb, weil es die Tochter des Klavierlehrers war und weil sie wahrscheinlich alles gerne hatte, was mit ihm zu tun hatte.

Der Klavierlehrer ging mit meiner Mutti zum Auto. Ihr öffnete er nicht so höflich die Autotür von außen wie er es bei Sandys Mutter tat. Er setzte sich zuerst ins Auto und öffnete die Beifahrertür von innen. Am Morgen hatte er es immer eilig, wir fuhren nicht in den Wald und meine Mutti musste sein Ding nicht aus der Hose holen. Sie durfte nicht einmal ihren Kopf an ihn lehnen. Er redete nicht einmal etwas mit ihr, oder fast nichts. Als wir zuhause waren, stieg er nicht aus dem Auto. Meine Mutti warf ihm einen sehnsüchtigen Blick zu, mit ihren großen dunkelbraunen Augen, die sich nicht verändert haben, seit sie ein kleines Mädchen war. Es tat mir weh, das zu beobachten. Ich sah, dass ihre Sehnsucht chancenlos an ihm abprallte. Er schaute nämlich durch das Glas von der Windschutzscheibe und wartete nur, bis meine Mutti ausgestiegen war.

„Auf Wiedersehen, danke fürs Babysitten. Wir sehen uns bei der nächsten Klavierstunde", sagte er noch. Sie war ihm dabei keinen Blick wert. Meine Mutti war kaum ausgestiegen, mit ihrer Tasche, in der ich mit heraushängendem Kopf saß, als der Motor hochstotterte, das Auto über den Kiesweg rollte und sich unerbittlich entfernte. Meine Mutti sah ihm nach, bis es über einem Hügel verschwunden war. Verschluckt vom Horizont.

So war das immer: Wenn der Klavierlehrer meine Mutti von zuhause abholte, dann musste sie in der kurzen Pause im Wald mit seinem Ding rummachen, so wie er es befahl. Manchmal musste meine Mutti schon während der Fahrt auf seiner Hose herumstreicheln. „Mach mich richtig geil", hörte ich ihn öfter sagen. So sehr ich mich auch anstrengte, ich konnte in seiner Stimme keinen Funken von Zärtlichkeit für meine Mutti erkennen. Das war eigentlich auch nicht zu erwarten von jemandem, der zu dir sagt „Wenn du wem was erzählst, erschlag ich dich." Er schaute sie nie richtig an. Nie.

Außer an diesem einen Tag. Ich hatte mich an meine Reisen schon gewöhnt, es war ein ständiges Hin und Her und ich war meistens gut eingepackt in die Tasche mit dem Nachthemd. Das war mein Glück, denn so musste ich nicht bei dem dabei sein, was meine Mutti und der Klavierlehrer im Wald machten. Nur an diesem einen Tag hatte ich Pech: Das Auto stand wieder im Wald und mein Kopf ragte aus der Tasche heraus, die zwischen den Beinen meiner Mutti stand. „Zieh dich aus, nur unten", schaffte der Klavierlehrer meiner Mutti an. „Ich will dich sehen." Am liebsten hätte ich angefangen zu quietschen. Sein kurz angebundener Kommando-Ton ging mir auf die Nerven, aber wie! Ich verstand nicht, warum meine Mutti immer willenlos alles tat, was er sagte.

Was hatte sie davon? So gehorsam sie auch war, sie würde nie einen zärtlichen Blick von ihm bekommen. Nie ein zärtliches Wort. Wenn sogar ich als Hundedame das bemerkte, wieso konnte meine Mutti das nicht begreifen?

Sie ließ die Hose ihre Beine hinuntergleiten, das Höschen ließ sie noch an, ich konnte es genau sehen. Der Klavierlehrer knurrte. „Das Höschen natürlich auch!" Und sie schob auch das über ihre Knie hinunter. Diesmal schaute er sie richtig an, zuerst in ihr Gesicht und dann zwischen ihre Beine. „Jetzt mach es dir selber, so wie du es dir zuhause machst, wenn du geil bist!", forderte er sie auf. Ich verstand das nicht. Zumindest hatte ich nie gesehen, dass meine Mutti mit ihren Fingern zwischen ihren Beinen herummachte, auch dann nicht, wenn sie ganz allein zuhause war, nur mit mir. Ich hatte bis dahin überhaupt noch nie so richtig gesehen, wie sie zwischen den

Beinen aussieht, dunkle Haare waren da und dazwischen schimmerte Haut durch. Tatsächlich legte meine Mutti ihre Klavierspielfinger zwischen ihre Beine, als würde sie sich kitzeln oder kratzen. Sie stöhnte leicht dazu, solche Töne hatte ich von ihr noch nie gehört. Es waren Geräusche, die mich eher an Puppen aus der Auslagenzeit erinnerten, die ein paar Worte sagen konnte, wenn man sie schüttelte.

Meine Mutti befolgte nur den Befehl des Klavierlehrers. Was sie tat, hatte nichts mit ihren Gefühlen zu tun. (Wie ich Ihnen schon erzählte, ich konnte gut in ihrem Gesicht lesen.) Dem Klavierlehrer gefiel es aber. Interessiert schaute er ihr zu, als wäre er ein Kunde, der ein Stofftier untersucht, das auf dem Ladentisch liegt und von einer hellen Lampe angestrahlt wird, in deren Licht kein Detail verborgen bleibt.

Und, wissen Sie was, ich hatte so genug davon, was jetzt wieder kommen würde. Ich schaute einfach zur Windschutzscheibe hinaus. Ich war es leid, nichts dagegen tun zu können. Andererseits wollte ich eben so gerne zu Poldi, und darum konnte ich das alles ertragen. Endlich startete der Motor wieder. Dann war der ganze Spuk vorbei.

Wenn er sie nach Hause brachte ließ der Klavierlehrer meine Mutti hingegen immer in Ruhe, ausnahmslos. Es war aber fast noch schmerzhafter mitzuerleben, mit welcher Ungeduld er wartete, bis meine Mutti endlich aus dem Auto stieg. Und mit welcher Sehnsucht sie auf ein liebevolles Wort von ihm wartete. Nur ein einziges Wort!

Wie lange kann ein Mensch blind sein, und wie gut kann ein Stofftier sehen? Das fragte ich mich oft in dieser Zeit.

Ob meine Mutti wirklich Angst hatte, dass der Klavierlehrer sie erschlagen würde, wenn sie jemandem etwas erzählte? Und ob sie vielleicht deshalb alles tat, was er ihr anschaffte? Ob sie deshalb kein Tagebuch schrieb, weil es nicht einfach war, über das alles zu schrei-

ben? Ob sie deshalb so tat, als ob ihr alles gefallen würde? Oder –
noch schlimmer – tat sie das alles gerne, weil sie in ihn so verliebt war,
weil er so schön Klavier spielen konnte, hin und wieder nett lächelte
und ihr beim Klavierspielen aufmerksam zuhörte? Und weil sie dieses
Geheimnis gerne hatte, weil sie sich als etwas Besonderes fühlte, als
seine Schülerin in jeder Hinsicht?

Poldi konnte mir diese Fragen auch nicht beantworten; ich konnte
sie ohne die Hilfe meiner Mutti nicht einmal aussprechen. Mein
Kompagnon saß nur stumm und unbeweglich da, nachts, wenn ich
bei ihm war, im Mondenschein. Ich beneidete ihn um seine Ruhe. Er
schlief sich mehr oder weniger durch sein Schweinchen-Leben, und
das hieß, er hatte keine Sorgen, ihn kümmerte nichts, er musste nicht
ständig ein lustiges Gesicht zeigen oder sich Gedanken machen so
wie ich.

Ich wusste nicht, wie oft ich schon von Muttis Haus zu Poldi und
Sandy geführt worden war und wieder zurück. Mit der Zeit etwas weniger oft, kam mir vor. Sandy war jedenfalls schon ein Schulkind, das
schöne Aufgaben in linierte Hefte schrieb, und die Haare fielen ihr
dabei über die Stirn. Sandy führte Poldi schon lange nicht mehr im
Puppenwagen spazieren; er erlitt offenbar ein ähnliches Schicksal wie
ich – er verbrachte seine Zeit als unbeachtete Zierde in einer Zim-
merecke. Wenn ich da war, verkürzte ich ihm die Zeit mit meinem
lustigen Gesicht. Hin und wieder glaubte ich ein erfreutes Funkeln in
seinen Schweinsaugen zu entdecken, aber vielleicht war das nur eine
Einbildung.

Jedenfalls hatte er nichts gegen mich, er ließ mich einfach da sein,
und er drehte sich auch nicht weg, wenn ich manchmal meine ekelhafte Stimme erhob, als ob ich die Stille, die ihn umgab, zerschneiden
wollte. „Poldi, sag doch auch einmal was!" – Das war mein Lieblings-
satz ihm gegenüber, und meine Mutti stupste dabei mit meiner Pfote

gegen seine blassrosa Schnauze oder manchmal – wenn er überhaupt nicht reagierte – auch gegen seinen Bauch. Hin und wieder ließ er sich zu einem Grunzen hinreißen. Das kam dann auch aus dem Mund meiner Mutti; es hörte sich lustig an, als würde es wirklich zu Poldi gehören: „Ich will schlafen." Das war so ziemlich der einzige Satz, den ich jemals von ihm hörte, obwohl wir jetzt schon so lang ein Paar sind. Wir sind schon sehr gegensätzlich: Ich bin ständig lustig, zumindest sieht es nach außen hin so aus. Und er will ständig schlafen. Irgendwann hab ich die Hoffnung aufgegeben und mich nicht mehr ernsthaft bemüht, ihn zum Spielen oder Reden zu bewegen. Ich glaube, nicht einmal ein Kasperl, wie ich ihn bei Sandy manchmal im Fernsehen gesehen habe, hätte dieses Kunststück geschafft. Ich habe einsehen müssen, dass Poldi wirklich vom Leben nichts anderes will als schlafen. Vielleicht will er einfach nicht nachdenken und nichts wissen. Das verstehe ich, dadurch wird man stark.

Wir sind ziemlich gegensätzlich, Poldi und ich.

Manchmal kam mir vor, meine Mutti wurde uns beiden immer ähnlicher.

Je älter sie wurde, um so lustiger wurde sie scheinbar, so wie ich. Ich merkte das an ihrem Klavierspiel. Vorzugsweise spielte sie fröhliche, schnelle Klavierstücke, ihre Hände hüpften über die Tasten und ihr Oberkörper bewegte sich hin und her, dass es eine Freude war, ihr zuzuschauen. Es kam eigentlich nur mehr ganz selten vor, dass sie traurige Melodien spielte, und weinen hatte ich sie dabei schon lange nicht mehr gesehen. Sie erschien mir oft gut aufgelegt. Sie spielte aber auch oft die Musikstücke gar nicht zu Ende, und das kam mir komisch vor. Immer wieder fing sie eines an, brach dann mittendrunter ab, obwohl ich genau wusste, wie es weitergehen und enden hätte müssen. Und schon wechselte sie zu einem anderen lustigen Stück, das sie dann auch wieder mitten drin abbrach. Sie war gut aufgelegt und rastlos zugleich. Auf die Dauer war es kein Vergnügen, dem zuzuhören, auch wenn es lustige Stücke waren. Jeder schöne Anfang endete mit einer Enttäuschung. Und weil ich das schon vorher wusste, konnte ich mich nicht mehr wirklich freuen. Weil ich ja wusste, dass die Enttäuschung sicher kam.

Manchmal lag meine Mutti aber auch ganz lang einfach nur auf ihrem Bett, hatte jede Rastlosigkeit abgestreift, und schaute auf die Zimmerdecke. Dann war sie wie Poldi. Als würde sie nur schlafen wollen. Oder sie schaute zum Fenster hinaus, auf den Baum mit den spitzen Blättern, als würde sie nichts anderes tun wollen, als zu warten, bis Schneeflocken auf ihn fielen. Was sie dabei dachte und ob sie überhaupt etwas dachte, weiß ich bis heute nicht. An ihrem Gesicht konnte ich nichts ablesen, es war ein bisschen starr, so wie damals, als ihr Papa sie im Bett besucht hatte. Einmal sah ich sogar, wie meine Mutti gedankenverloren mit einer Nähnadel herumspielte und dann piekste sie sich vorsichtig in den Unterarm, als wollte sie ausprobieren, was man dabei spürt. Ich hätte ihr das sagen können: es fühlt sich höllisch an. Ich hatte schließlich damals Qualen gelitten, als ich meine Eifersucht auf den Klavierlehrer wie Stiche in meinem Inneren gefühlt hatte. So was muss man nicht absichtlich ausprobieren. Aber nachdem sie eine Weile auf sich herumgepiekst hatte, stand sie schließlich auf und ging zur Tür hinaus. Als hätte sie sich zurück ins Leben geholt.

Vielleicht hätte ich ja den Poldi auf diese Weise auch endlich einmal zum Aufwachen animieren können. Mit Nadelstichen oder indem ich ihn eifersüchtig machte. Aber ich hatte ihn zu lieb, ich wollte ihm keinen Schmerz zufügen.

Besser er schlief und blieb dafür immer bei mir. Ich wollte nicht mehr auf ihn verzichten. Ich brauchte ihn für mein Leben.

Stellen Sie sich vor, ich bekam ihn, für immer, wie sich später herausstellte! Eines Morgens, wir waren nach längerer Zeit wieder einmal bei Sandy, meine Mutti und ich, da packte sie nicht nur mich, um mich in ihre Tasche zu stopfen, sondern auch den Poldi. Ganz eng aneinandergepresst lagen wir weich und dunkel auf ihrem Nachthemd, wie in einem Traum. Ich spürte sein glattes Fell an meinem Fell, bei jedem Ruck, den das Auto machte, rieb ich mich an ihm, als würde ich ihn auf diese Art aufwecken können. Es funktionierte natürlich nicht. Bis auf ein paar Grunzer, seinen einzigen Satz: „Ich will schlafen" und ein paar neugierige Blicke aus seinen kleinen Schweinsaugen habe ich ihm bis heute nie eine besondere Reaktion entlocken können. Aber das wusste ich damals noch nicht. Damals hatte ich noch die Hoffnung, dass ich ihn mit meiner Lustigkeit und mit ein bisschen Mut ganz für mich gewinnen würde.

Immerhin ist er nie wieder von mir weggegangen. Wir landeten beide auf dem Bett von meiner Mutti, und später im Fauteuil. So wurden wir ein ungleiches Paar. Die kleine Sandy habe ich nie wiedergesehen. Und Poldi hat mich nie nach ihr gefragt.

Der Klavierlehrer kam nur mehr ganz selten, um meiner Mutti beim Klavierspielen zuzuhören. Wenn er da war, spielte sie ihre Stücke brav und ergeben zu Ende. Ja, sie war jetzt wieder brav. Und wenn ihre Mama hereingekommen wäre, um ihr zuzuhören, dann hätte sie sicher gesagt: „Sehr brav, Tina!" Und es hätte gestimmt. Es war wie früher. Alles hatte wieder seine Ordnung und die Ordnung verschluckte so manches, was nur ich wusste.

Der Klavierlehrer hat meine Mutti nie erschlagen, sie hat nie ein Tagebuch geschrieben und er sagte immer noch Sie zu ihr, wenn jemand anderer im Zimmer war. Aber wenn sie zusammen allein waren, redeten sie kaum noch miteinander. Sie küssten sich auch nicht mehr und sein Ding blieb in der Hose. Das Du zwischen ihnen war verschwunden, als hätte es nie existiert.

„Ich wünsche Ihnen viel Erfolg. Leben Sie wohl", sagte er eines

Tages, gab ihr und ihrer Mama die Hand, und hinter ihm fiel die Tür ins Schloss.

Meine Mutti stand artig da, neben ihrer Mama, die eine ziemlich alte Frau geworden war und die jetzt neben ihrer dicken Brille auch noch am Oberarm eine gelbe Schleife mit drei schwarzen Punkten trug.

Ich thronte neben Poldi am Fauteuil. Mit ihm gemeinsam fühlte ich mich viel größer und mächtiger als es Menschen sein können, die sich immer wieder nur in der Zeit verlieren.

Ficken
(Ich sah, wie sie stumm den Kopf schüttelte)

Wir übersiedelten, Poldi und ich. Nach einer langen Zeit, in der uns meine Mutti nur selten besucht hatte – es waren mehrere Sommer und Winter am Fenster vorübergegangen und Muttis Zimmer war fast nie von jemandem betreten worden – bemerkte ich ungewohnte Tätigkeit. Schachteln und Taschen wurden auf den Boden gestellt und Dinge hineingeräumt. Bücher, Wäsche, Schallplatten, sogar ein paar in Zeitungspapier gewickelte Teller und Kaffeehäferln, auch das eine, das mir immer so gut gefallen hat – mit einem kleinen aufgedruckten Teddybären. Meine Mutti ging von einer Ecke des Zimmers in die andere und wieder zurück, als würde sie etwas suchen und nicht finden. Sie kam mir nervös vor.

Wenn eine Schachtel voll war, so dass wirklich kein Stück mehr hineinpasste, drückte ihr Papa – er hatte fast keine Haare mehr am Kopf – mit seinem ganzen Gewicht den Deckel zu und legte eine Schnur herum, die er sehr fest spannte und verknotete.

Die Mama von meiner Mutti saß auf Muttis Bett und fragte immer wieder: „Hast du auch das eingepackt? Und das? Und das?" Meine Mutti gab ihr nur ungeduldig Antwort. „Ich weiß schon, was ich brauche", oder: „Lass mich nachdenken." Dann stand sie unschlüssig mitten im Zimmer, schaute unter das Bett oder in das fast schon leere Regal neben dem Fenster, in den Kasten. Das Klavier wirkte in dem ausgeräumten Zimmer noch viel größer. Der schwarze Deckel war geschlossen und auch der über der Tastatur.

Ein großes Schweigen ging von dem glänzenden Instrument aus.

„Vergiss nicht auf mich und Poldi!", hörte ich mich plötzlich rufen, eindeutig panisch. Tatsächlich war mich auf einmal die Angst überkommen, wir könnten in keiner der Schachteln oder Taschen einen Platz finden, mein schlafender Kompagnon und ich. Muttis Papa schaute irritiert auf, er war gerade wieder dabei, mit aller Gewalt eine Schachtel zuzupressen. „Redet dieses Stofftier noch immer?", fragte er mürrisch und ich bekam es mit der Angst zu tun. Gleich würde er mich packen und auf den Boden schleudern, wie damals; das hab ich nicht vergessen, es hat sehr weh getan. Ich glaube, er hat mich nie leiden können. Die Mama von meiner Mutti wendete ihren Kopf mit der dicken Brille in meine Richtung, zum Fauteuil, unserem Stammplatz.

„Die Putzi redet selber?", fragte sie amüsiert, mit einer dünnen zittrigen Stimme. „Mit mir hat sie nie geredet!", kam ein kleiner zaghafter Vorwurf hinterher.

„Sie redet nicht viel", hörte ich meine Mutti sagen, als würde sie sich dafür entschuldigen wollen. Und als sei ich sowieso nicht ganz ernst zu nehmen. Jedenfalls kam sie aber doch gleich zu uns her, sicher, um uns vor ihrem Papa zu beschützen. Sie nahm Poldi und mich und steckte uns in eine von diesen Taschen, die schon fast voll am Boden herumstanden. Wir waren in Sicherheit, mein Kompagnon, das faule Schwein, und ich. Viel Platz war nicht mehr in dieser Tasche. Ich spürte den Papa von meiner Mutti oben draufdrücken; es tat weh, er quetschte genau meinen Bauch, zum Glück lagen wir auf einem weichen Untergrund.

„Willst du diese Stofftiere wirklich mitnehmen, Tina?", hörte ich den Papa brummen. „Du bist doch schon zu erwachsen dafür! Was wird Peter sagen?"

„Keine Diskussion. Putzi und Poldi kommen mit." Selten hat die Stimme meiner Mutti so bestimmt und sicher geklungen. Sie wollte nicht auf mich verzichten, und auf Poldi auch nicht. Das machte mich stolz und ein wenig spürte ich wieder von dem alten Liebesge-

75

fühl, das ich ihr gegenüber früher hatte, als sie noch kleiner war und sich viel mehr um mich gekümmert hat.

„Verrückt!" brummte der Papa ärgerlich. Dann wurde es über uns ganz dunkel. Mit aller Kraft zog er den Reißverschluss der Tasche zu, der Stoff spannte über mir. Dicht an mich gepresst schlief Poldi, er bekam sicher nicht einmal irgendwas mit. Einmal mehr beneidete ich ihn.

„Komm oft heim", sagte die Mama von meiner Mutti. „Du musst mir doch was vorspielen!" Ihre Stimme klang ein bisschen weinerlich, aber vielleicht bildete ich mir das nur ein.

„Ja, natürlich. Peter kommt sicher auch gerne mit", antwortete meine Mutti. Peter? Schon zum zweiten Mal war dieser Name gefallen. Hatte meine Mutti auch einen Kompagnon gefunden, so wie ich den Poldi?

Zuerst spürte ich, wie die Tasche, in der ich saß, irgendwo aufprallte, dann hörte ich wieder einmal nach langer Zeit Autotüren zufallen und den Motor aufheulen. Unangenehme Erinnerungen stürzten auf mich ein. Speziell wenn es um mich dunkel war, so wie in diesem Moment, war ich dafür extra empfänglich. Ich sah den Mund von meiner Mutti auf dem Ding des Klavierlehrers, wie sie würgte und nach Luft rang. Und wie sie ganz erschöpft aussah, als alles vorbei war. Ein Rest von der weißen Flüssigkeit klebte um ihren Mund und bei der Nase. Sie hatte nicht alles schlucken können. Es tut mir heute noch Leid und wird mir immer Leid tun, dass ich damals nicht laut aufgeschrien habe.

Endlich wurde der Reißverschluss über mir wieder aufgezogen, ich war von meinen Erinnerungen erlöst und fühlte mich, als könnte ich mich ins Unendliche ausdehnen. Das erste, was ich über mir sah, war das Gesicht meiner Mutti; ihre Hände griffen nach mir. Den Poldi ließ sie in der Tasche weiterschlafen. Ja, meine Mutti war jetzt eine junge Frau, eindeutig. Vieles an ihr erinnerte mich trotzdem an das kleine Mädchen, das sie einmal gewesen war. Die glatte, blasse Haut, die braunen Augen, die feinen Haare, die ihr jetzt meistens etwas wirr in die Stirn hingen, ziemlich lang waren und sehr gut rochen. Auf einem ihrer Finger funkelte ein dünner, goldener Ring, den ich noch nie an ihr gesehen hatte. Und an ihrem Unterarm sah ich jetzt zum ersten Mal eine lange Narbe, die ich nicht kannte. Eigentlich kann ich heute gar nicht mehr genau sagen, warum meine Mutti mir wie eine junge Frau vorkam.

Sie hatte immer noch den mir so vertrauten mageren Körper eines Mädchens.

Trotzdem war etwas in ihrem Gesicht nicht so wie früher. Um ihren Mund lag ein neuer Ausdruck, wie eine neue Geschichte, die sich eingeprägt hatte. Meine Mutti merkte, dass ich von dem Eingepresstsein unter dem Reißverschluss ganz verbogen war und klopfte mich, um mich aufzulockern. Das war angenehm. Sie lachte dazu und machte mit mir komische Verrenkungen wie früher manchmal, und ich machte dazu mein lustiges Gesicht. Sie war richtig ausgelassen und sprang mit mir in diesem Zimmer herum, das ich davor noch nie gesehen hatte. Da standen zwei Betten und ein weißer Schrank. Ich sah kein Klavier; es fehlte mir. Ein großer Spiegel war hingegen da, in dem ich mich endlich wieder einmal ausgiebig anschauen durfte. Ich sah auch nicht mehr ganz taufrisch aus, fand ich. Ich hatte mein Fell und meine Hundeschnauze viel glänzender in Erinnerung.

Ich hatte jetzt nicht mehr nur eine kahle Stelle da an der Vorderpfote, nein, auch an den Ohren schimmerte unter dem Fell ein grauer Stoff durch; das ließ sich unmöglich verheimlichen. Insgesamt machte ich einen etwas zerfransten Eindruck, wenn ich mich so beschreiben darf. Es ist bitter, aber ich muss es sagen: Wenn ich je einmal schön gewesen sein sollte – ich war es nicht mehr. Einzig und allein mein Gesicht konnte ich im Notfall noch als passabel durchgehen lassen, auch wenn meine Hundeschnauze ziemlich platt gedrückt und mehr schmutzig-grau als glänzend war. Ich grinste mich im Spiegel an, mehr aus Verzweiflung als aus Lustigkeit.

Aus einem anderen Zimmer hörte ich vertraute Klänge: Klavierspiel. Meine Mutti konnte es nicht sein; sie war damit beschäftigt, die Tasche auszuräumen und tanzte gut gelaunt im Rhythmus des Klavierspiels vor meinen Augen umher. Poldi und ich lagen derweil auf einem von den zwei Betten. Die Klaviermusik kam nicht von einem Radio oder Plattenspieler, denn es klang wie eine Übung – so wie ich es von meiner Mutti kannte, immer wieder wurden dieselben Stellen wiederholt.

Ich wollte wissen, wer da spielte. Insgeheim hatte ich beschlossen, immer, wenn mir eine Frage einfiel, diese auch auszusprechen. Und wenn ich schreien wollte, dann würde ich eben schreien. Stück für Stück wollte ich mir mein eigenständiges Wesen erobern. Ich konnte das natürlich nur in der Nähe meiner Mutti machen. Aber ich glaubte fest daran, dass es möglich war. Meine Mutti musste mir nur ein bisschen dabei helfen.

„Mutti, wer spielt da?", fragte ich also lautstark, unüberhörbar. Meine Mutti gab mir sofort Antwort, als hätte sie auf diese Frage schon gewartet: „Das ist der Onkel Peter!", sagte sie und warf einen Blick zu mir herüber, als würde sie wissen wollen, wie ich darauf reagierte. Noch bevor ich etwas sagen konnte, nahm sie mich hoch und ging mit mir in Richtung des Klavierspiels, das immer lauter und deutlicher wurde. Dann stand ich vor einem großen Klavier, auch so schwarz-glänzend wie das von meiner Mutti zuhause in ihrem Zimmer. Der Deckel war hochgeklappt und vor der Tastatur saß ein Mann und ließ seine Finger über die Tasten fliegen, noch viel schneller als ich das je bei meiner Mutti gesehen hatte.

Der Mann hatte auffällige, ziemlich lange, gelockte, blonde und grau durchsetzte Haare, eine Art Wuschelkopf, wie manche besonders eitel zurecht gemachte Teddybären oder Puppen in der Auslage von seinerzeit auch. Außerdem hatte er helle Haare auch auf seinen Fingern und auf seinen Unterarmen. Buschige Augenbrauen und eine steile Falte dazwischen. Seine vielen Haare waren nicht zu übersehen, auch wenn sie hell waren. Das war das erste, was ich von ihm sah.

Das zweite, was ich bemerkte, war, dass meine Mutti und er dasselbe Hemd anhatten, kurzärmlig, blau-weiß kariert. Und dieselben Schuhe, beige Hausschuhe aus Schnürlsamt.

Ich erschrak. Es war, als wäre meine Mutti ein kleineres Spiegelbild dieses Mannes. Sogar eine kleine steile Falte, die mir völlig neu war, konnte ich zwischen ihren Augenbrauen sehen. Genau so eine Falte wie die vom Onkel Peter. Es war schon komisch. Jetzt, wo ich um meine Eigenständigkeit zu kämpfen begann, schien meine Mutti sie immer mehr aufzugeben. Sie schaute den Mann andächtig an, er beachtete sie nicht, er war ganz auf die Tastatur konzentriert. Und mich, die zerfranste Hundedame Putzi, hat er überhaupt erst viel später einmal wahrgenommen, da musste ich ihn anschreien. Ich war ihm gleich von Anfang an böse. Ich hätte ihm vorgestellt werden sollen und er missachtete mich einfach. Das war nicht angenehm, wo ich doch gerade anfing, richtig eigenständig zu werden.

Onkel Peter beachtete mich praktisch überhaupt nie, auch nicht, als ich mit ihm und meiner Mutti einmal ganz eng am Küchentisch saß.

Als ich meine Stimme erhob, während ihm meine Mutti einen Teller mit Nudeln auf den Tisch stellte, warf er mir nur einen stirnrunzelnden Blick zu, zog seine buschigen Augenbrauen zusammen, als wäre ich eine lächerliche Figur, nicht ernst zu nehmen. Er wickelte in aller Seelenruhe die Nudeln auf eine Gabel und ließ sie mit einem Flutscher in seinem Mund verschwinden. Meine Mutti saß ihm erwartungsvoll gegenüber. Sie ließ ihren Teller mit einigen wenigen Nudeln unangerührt. Sie hoffte wahrscheinlich, dass Onkel Peter mir irgendeine Antwort geben würde.

„Ich will auch essen", hatte ich gerade zuvor extra quengelig gesagt.

Aber ich wusste früher als meine Mutti, dass er mir keine Antwort geben würde. Er interessierte sich eben nicht für mich.

Ich existierte gar nicht für ihn.

Er war der erste Mensch, für den ich wirklich Luft war. Der Papa von meiner Mutti hatte sich wenigstens über mich geärgert und mich als verrückt bezeichnet. Ihre Brüder hatten mich als Zielscheibe und Wurfgegenstand benützt, ihre Mama mich zumindest hin und her geräumt, vom Bett auf das Fauteuil oder auf einen Sessel. Der Klavierlehrer hatte mich als Kinderspielzeug für seine Sandy durchgehen lassen. Aber Onkel Peter schaute mich nie an, griff mich nie an, antwortete mir nicht. Ich war ihm total egal, wo auch immer ich mich aufhielt. Meistens saß ich auf dem Bücherregal im Schlafzimmer, ganz oben, Poldi neben mir, dicke Bücher mit bunten Bildern neben uns. Die Gefahr, dass mal fremde Leute ins Schlafzimmer kamen und mich alte, zerfetzte Hundedame mit dem schlafenden Schweinchen an der Seite entdeckten, war nicht besonders groß. Deshalb hat wahrscheinlich meine Mutti diesen Platz für uns ausgesucht. Sie genierte sich für Poldi, aber noch mehr für mich, weil ich ja noch dazu so eine ekelhafte Stimme habe.

Aber warum mich Onkel Peter nicht beachtete, das verstand ich nicht, wo ich doch ganz offensichtlich ein Teil von meiner Mutti war. Und er und meine Mutti lebten zusammen, sie waren ein Paar (wie Poldi und ich), das war unübersehbar. Manchmal hatten sie sogar dieselben Jacken an. Manchmal spielten sie vierhändig auf dem Klavier; das gefiel mir sehr gut. Onkel Peter konnte nicht mit meiner Mutti leben ohne auch mich dabei zu haben. Das musste ihm doch eigentlich klar sein.

Jedenfalls redete Onkel Peter an diesem Abend am Küchentisch viel, allerdings nicht mit mir. Meine Mutti hörte ihm ruhig und aufmerksam zu, ihren dunklen Blick auf seine buschigen Augenbrauen gerichtet. Er hatte schon die etwas grobe Haut eines nicht mehr jungen Mannes, beidseits von der Nase zum Mund zogen sich tiefe Falten, die dunkle Schatten in sein Gesicht warfen. Das feine Gesicht meiner Mutti erschien daneben farblos, kindlich, durchsichtig, schüchtern und – ja – auch ein bisschen unbedeutend, wie knapp vor dem Verschwinden.

Ich gab noch nicht auf. „Warum sprichst du nicht mit mir?", kreischte ich Onkel Peter an, mitten in sein Dauer-Gerede hinein, das er nur mit Nudel-Schlürfen unterbrach. Am liebsten hätte ich das Glas Wasser, das neben ihm stand, auch noch umgeschmissen. Dann hätte er mich doch bemerken müssen. Aber ich traute mich nicht. Ängstlich wartete ich auf seine Reaktion nach meinem Gekreische. Nichts. Oder fast nichts. Er warf nur einen halben Blick auf mich und einen halben auf meine Mutti und brummte dazu „Hm", wie ein uralter Teddybär, der noch einmal alle Kraft sammelt.

Dann fing er an, in einem Buch zu blättern. Er las meiner Mutti etwas daraus vor. Sie hörte ihm sogleich – wie schon vorhin – aufmerksam zu und ließ mich keine weiteren Versuche mehr unternehmen, Onkel Peters Interesse zu wecken. Ich versauerte auf dem Sessel neben ihr. Zu allem Überdruss musste ich mir später auch noch das ohrenbetäubende Geklappere mit dem Geschirr anhören, als meine Mutti die Küche aufräumte.

Onkel Peter rauchte eine Zigarette und beobachtete durch die Rauchkringel hindurch die Bewegungen meiner Mutti. Ich sah, dass er mit der Hand zwischen seine Beine griff und ahnte schon, was jetzt kommen würde. Er stand auf, griff meiner Mutti auf den Popo und schob sie vor sich her Richtung Schlafzimmer, als wäre sie nur ein Spielzeug. Ich blieb auf meinem Sessel sitzen. Nur Poldi hätte mir jetzt erzählen können, was Onkel Peter mit meiner Mutti im Schlafzimmer machte. Aber erstens kann Poldi außer einem einzigen Satz nichts sagen, nur maximal grunzen. Und zweitens hat er wohl geschlafen, wie immer. Und drittens war ich mir nicht sicher, ob ich es überhaupt hören wollte. Diese Dinge fingen an, mich unendlich zu langweilen.

Meine Mutti war so brav, dass es mir weh tat, es mitanzusehen. Sie war zum Onkel Peter wie eine brave Tochter und eine brave Schülerin gleichzeitig. Sie machte, was er ihr anschaffte, egal, ob es das Mittagessen war oder Schuhe putzen. Sie hörte ihm endlos zu, wenn er endlos redete. Wenn er auf sie zukam, um sie zu küssen, erwiderte sie seinen Kuss, weil er das eben von ihr erwartete. Sie drehte nie ihr Gesicht von ihm weg.

Wenn sie Klavier spielte und er wollte auch, räumte sie ohne Widerrede blitzartig ihren Platz.

Wenn er einen neuen Pullover hatte, sah ich sie wenig später auch mit so einem Pullover. Es war, als hätte sie keinen eigenen Willen, ja nicht einmal eine eigene Idee. Ganz selten saß sie mit mir am Fenster, einfach um hinauszuschauen in einen Innenhof mit großen alten Bäumen, der von Hochhäusern begrenzt war. Sie streichelte dabei gedankenverloren die lange Narbe an ihrem Unterarm, als könnte sie daran erkennen, dass sie noch lebte.

Die einzige, die in dieser Wohnung schlimm war, wenigstens versuchsweise, war ich. *Ich* habe Onkel Peter beim Reden unterbrochen, indem ich sinnlose Fragen stellte. *Ich* habe Onkel Peter beim Lesen gestört, indem ich meine zerfransten Pfoten in seinen Wuschelkopf steckte. *Ich* habe Onkel Peter an den Zehen gekitzelt, wenn er am Futon eingenickt war. Wenn ich schon keine Antworten von ihm bekam, wenn er schon nie mit mir reden wollte, dann wollte ich ihm wenigstens auf die Nerven gehen. Es hat alles nichts genutzt, obwohl ich schon fast einen Sport daraus machte, ihn zu stören. Ich sah darin eine Lebensaufgabe. Auffallen um jeden Preis. Beachtet werden. Nie wieder ein Zimmerschmuck-Dasein führen. Das wurde in dieser Zeit zu meiner großen Herausforderung. Eigenständig kann man wahrscheinlich nur werden, wenn man nervt. Wenn es mir schon nicht gelang, meinen Kompagnon Poldi aus seinem Dauerschlaf zu wecken, dann sollte wenigstens Onkel Peter auf mich aufmerksam werden. Nur beim Klavierspielen störte ich ihn nicht, da hätte ich mich schließlich selber um mein größtes Vergnügen gebracht – der Musik zuzuhören.

Onkel Peter spielte sehr oft Klavier, meine Mutti hingegen immer seltener, und meistens nur, wenn sie alleine in der Wohnung war. Dann spielte sie wieder so wie früher, die Finger hüpften über die Tastatur. Aber zwischendurch sprang sie immer wieder auf, um irgendwas anderes zu erledigen: Tee zu kochen, alte Zeitungen in einer Schachtel zu stapeln, das Telefon abzuheben. Meistens war es übrigens Onkel Peter, der zuhause anrief. Ich erkannte das an Muttis Stimme, die dünn und ängstlich in den Hörer piepste. „Ja natürlich bin ich zuhause. Ja, natürlich freue ich mich schon auf dich. Ja, ich liebe dich auch."

Wenn meine Mutti mit Onkel Peter sprach, verwendete sie ihre vorsichtige Kinderstimme. Sie sprach nie laut mit ihm.

Umso mehr habe *ich* einmal mit ihm geschrien. Und das hat einiges in meinem Leben verändert. Aber nicht unbedingt zum Guten.

Sie saßen wie so oft am Küchentisch, meine Mutti und Onkel Peter. Das Gespräch hatte bei Tageslicht begonnen und jetzt saßen sie noch immer da. In den Hochhäusern draußen vor dem Fenster waren nach und nach die Lichter angegangen. Mir war schon unendlich langweilig auf dem Sessel neben meiner Mutti, auf dem ich eigentlich schon ein paar Tage unbeachtet saß. Ich zählte jedes einzelne neue Licht in den Hochhäusern. Ich musste mich zwar sehr anstrengen, aber zumindest bis zehn konnte ich damals schon zählen. Ein paar Mal musste ich wieder von vorne anfangen. Schließlich waren fast alle Fenster in den Hochhäusern hell und ich verlor völlig den Überblick.

Im Halbdunkel der schwachen Lampe über dem Küchentisch dauerte das Gespräch zwischen Onkel Peter und meiner Mutti immer noch an. Besser gesagt, Onkel Peter redete und redete und meine Mutti schwieg und schwieg, mit ihrem dunklen Blick auf die buschigen Augenbrauen und auf die Hände, mit denen Onkel Peter gestikulierte. Hin und wieder blitzten seine blauen Augen gefährlich und seine Stimme wurde etwas lauter. Manchmal nickte sie dann und sagte ein dünnes „Ja, ich verstehe dich", oder: „Ja, es ist eh meine Schuld." Und schon redete er eindringlich weiter. Eine Qual für mich, noch dazu wo ich nichts Genaues verstand. Der Ton in dem Gespräch war für mich unerträglicher als meine eigene Stimme je hätte sein können. Lieber quengeln und quietschen als ganz leise gefährliche Sachen sagen. Vielleicht auch, weil mir das in dem Moment so sonnenklar war, brach unvermittelt ein ohrenbetäubendes Hundegeheul aus mir heraus, dass es mir fast mein eigenes Fell zerriss. „Hör schon endlich auf!", schrie ich den Onkel Peter an.

Es war ein Schrei wie eine Explosion. Vielleicht auch eine Erlösung. Eine Notwendigkeit auf jeden Fall.

Wenn ich ein wütendes Gesicht hätte machen können, dann hätte ich eines gemacht. So aber passte mein erbarmungslos lustiges Gesicht nicht zu dem, was ich soeben geschrien hatte. Meine Mutti hielt mich jetzt im Arm, als wäre sie selbst auch erschrocken. Ich saß also – man stelle sich das einmal so richtig vor! – Onkel Peter direkt gegenüber und grinste ihn an. Das, glaub ich, machte ihn endlich doch auf mich aufmerksam. Seine Stirn und seine Wangen röteten sich schlagartig und extra für mich unterbrach er seinen Dauer-Vortrag. „Du deppertes Hundsviech, schleich dich endlich! Wer will dich da?", schrie er mich an, dass ich mir statt meines zerfransten Fells lieber einen Panzer gewünscht hätte. Weil ich immer noch grinste – ich kann ja nicht anders –, stand er auf und hob seine Hand. Ich glaubte schon, er wollte mir eine runterhauen. Ich hörte meine Mutti ängstlich piepsen: „Aber sie hat's doch nicht so gemeint!"

„Und du sei überhaupt ruhig, du spinnerte Gaaß, 30 Jahre alt, und hat noch immer ein Stofftier zum Spielen. Du gehörst ja zum Psychiater."

Mit einem Schlag wurde mir klar, warum meine Mutti immer so brav war: Sie musste schlicht und einfach Angst vorm Onkel Peter haben. Mir wurde klar, dass ich nicht mehr so schlimm sein durfte, um meine Mutti nicht in Gefahr zu bringen. Aber leider war ich jetzt in Fahrt und nicht zu bremsen. Ich schwöre Ihnen, meine Mutti konnte nichts für das, was ich jetzt sagte: „Was geht es dich an, ob die Tina mit mir spielt oder nicht und ob ich ein Stofftier bin oder nicht? Du schaust mich sowieso nie an. Du redest immer nur von deinen Sachen, die eh keiner versteht; du kümmerst dich überhaupt nicht darum, was ich denke und fühle, was ich vielleicht machen möchte, was mir vielleicht Spaß macht!"

Ich hatte noch nie in meinem langen Hundeleben so einen langen Satz gesagt und bin – ganz heimlich – bis heute wirklich stolz darauf. Trotzdem: Ich hätte ihn besser nicht gesagt.

Denn Onkel Peter war jetzt in Rage. Er stand auf und ging aufgeregt in der Küche auf und ab; ein bisschen ratlos kam er mir auch vor. Das nutzte ich aus, um mich endlich einmal überlegen zu fühlen und keine Angst haben zu müssen: „Rumpelstilzchen!", schrie es frech aus meinem Mund und ich wusste gar nicht, was das bedeutete. Nach wie vor grinste ich ihn an, glaubte, stark zu sein. Es war ein Fehler. Onkel Peter blieb aufgepflanzt vor meiner mageren Mutti stehen. Die drückte mich fester an sich, zog die Schultern über mir zusammen; wir verschmolzen zu einer Einheit.

Es war unendlich lang eisig still.

„Steh auf!", sagte Onkel Peter schließlich mit einer Stimme bedrohlich wie die Schere, die damals in der Auslage auf mich zugekommen war, schnipp schnapp. Erst dachte ich sogar, er meinte vielleicht mich. Denn meine Mutti blieb sitzen – richtig unerhört. Ich war das nicht von ihr gewöhnt, weil sie ja immer so brav war und alles tat, was man ihr sagte.

„Steh auf, du Drecksau!" Onkel Peters Stimme schnitt in den Raum vor meiner Mutti. Jetzt war klar, dass er sie meinte und nicht mich. Wär auch sinnlos gewesen, ich kann mich ja eh nicht bewegen. Meine Mutti stand schließlich doch auf, und sie presste mich weiter an sich. Er knallte ihr eine, mitten ins Gesicht.

„Und da, noch eine, für dein depperts Stoffviech!" Er knallte ihr noch eine, dass alle Lichter, die ich vorher in den Hochhäusern draußen gezählt hatte, gleichzeitig finster hätten sein müssen.

Er schlug noch ein paar Mal hin, etwas leichter, als sei es ihm schon ganz und gar gleichgültig. Die „Au!" und „Nein!" und „Hör auf!" von meiner Mutti und mir vermischten sich. Schließlich hielt er inne.

„Sag Entschuldigung!", sagte er zu ihr. Sie sollte sich für mich entschuldigen, weil ich „Rumpelstilzchen" gesagt hatte, was immer das bedeutete. Ich weiß bis heute nicht, warum dieses Wort in meinen Mund gekommen war.

„Entschuldigung!", piepste meine Mutti.

„Sag: Entschuldigung bitte, Liebling!", schaffte er ihr an.

„Entschuldige bitte, Liebling!", piepste sie wieder.

„Sag: Ich bin geil auf dich." –

„Ich bin geil auf dich."

„Sag: Ich will von dir gefickt werden." –

„Ich will von dir gefickt werden."

Ihre Stimme war so weit weg von mir, als käme sie aus einem anderen Zimmer. Aber ich war noch in ihren Armen. Endlich war es still.

„Na gut", sagte Onkel Peter mit seiner ganz normalen ruhigen Stimme. „Räum den Tisch ab. Wisch ihn ordentlich sauber, ich will kein einziges Brösel spüren. Dann leg dich drauf. Höschen runter."

Meine Mutti legte mich auf ein Paar Schuhe, mit dem Gesicht zur Decke. Ihre Hände waren ganz kalt, mein Fell war wie gefroren, ich machte mich ganz steif, wie ich es von früher gewöhnt war, von den Untersuchungen aus meiner Auslagenzeit.

Ich hörte Onkel Peter keuchen. Sein langes Ding steckte jetzt sicher in dem mageren Körper meiner Mutti, wie ich es schon oft im Schlafzimmer gesehen hatte. Es war doch immer dasselbe.

„Du bist leider wirklich die geilste Drecksau, die ich jemals gefickt habe", hörte ich ihn vom Küchentisch her in einem verächtlichen Ton sagen. Ein Feuerzeug klickte. Er rauchte wohl eine Zigarette, während er sein Ding in meine Mutti stieß, gleichmäßig und gleichgültig wie so oft, nur begleitet von unterdrücktem Keuchen. Ich hörte bei zehn auf, die Stöße und die Keucher mitzuzählen. Auch sie stöhnte jetzt – sie hat ihm ja auch nie einen Kuss verweigert.

„Sag: Ich liebe dich!", forderte er sie auf, mit knappem Atem.

„Ich liebe dich!", kam es wie ein Echo zurück.

„Sag: Ich werde dich und deinen geilen Schwanz immer lieben!" –

„Ich werde dich und deinen geilen Schwanz immer lieben." Ihre Stimme verschwand fast in seiner, so wie früher ihr Körper in den Armen des Klavierlehrers verschwunden war.

„Komm jetzt, du geile Sau!", befahl er ihr. Auf Kommando zog sich ein langes Seufzen von ihr wie ein eisiger Luftzug durch die Dunkelheit im Zimmer. Er keuchte weiter, bis er fertig war; ich konnte mir auswendig vorstellen, wie es endete.

Dann sagte er etwas, was mir nicht unbekannt vorkam. „Wenn du mich je verlässt, bring ich dich um."

Ich hörte noch, wie er, zufrieden „Schlampe" murmelnd, ins Schlafzimmer ging. Ich glaube, meine Mutti blieb noch eine Weile auf dem Küchentisch liegen.

Später hörte ich, wie sie sich duschte, ewig lang.

Seit damals habe ich allerdings jeden Mut verloren. Ich fand mich damit ab, langsam wieder stumm zu werden, neben meinem Kompagnon Poldi. Meine Aufmüpfigkeit würde meiner Mutti nur Scherereien bringen. Die hatte sie auch ohne mich genug. Es ist nicht das einzige Mal geblieben, dass Onkel Peter auf meine Mutti hingeschlagen hat, meistens nicht sehr fest und eher nebenbei, und ohne dass ich verstand, warum eigentlich. Aber es genügte, um ihre und meine Angst wach zu halten. Er hatte sie in der Hand, sie gehorchte ihm auf einen Blick, schneller und aufmerksamer als es ein eingeschüchtertes Kleinkind tun könnte.

Wenn sie Gäste hatten, was in letzter Zeit öfter vorgekommen war, zeigte sich Onkel Peter hingegen von seiner freundlichsten Seite. Er kochte für die fremden Leute – es waren immer dieselben, ein Mann und eine Frau –, er stellte ihre Teller auf den Küchentisch, unterhielt sie stundenlang, spielte manchmal auch auf dem Klavier, wenn er sehr darum gebeten wurde. Es wurde gelacht, geraucht und getrunken. Es war fast gemütlich, wenn nicht auch immer wieder über Sex gesprochen worden wäre, irgendwann später am Abend. Die fremde Frau hing an den Lippen von Onkel Peter und er genoss das sichtlich und ungeniert. Onkel Peter sparte nicht mit Wörtern wie „ficken",

„vögeln" oder „geil" und „sexy". Das waren zumindest die Wörter, deren Bedeutung ich inzwischen kannte. Dazu machte er eindeutige Gesten. Ich saß auf einem Regal in der Küche, zwischen verschiedenen Tee-Packungen, und musste mir das widerliche Schauspiel anschauen, zu dem meine Mutti kaum ein Wort beisteuerte, einen ganzen Abend lang.

Der fremde Mann kitzelte mit seinen Fingern den Hals von meiner Mutti, ungefähr dort, wo ich früher meine Hundeschnauze hingedrückt und wo auch der Klavierlehrer manchmal gern hingegriffen hatte. Sie wehrte sich nicht, blieb steif auf ihrem Platz sitzen. Onkel Peter hatte offenbar nichts gegen das, was der Mann bei meiner Mutti tat. Was ich nicht verstand. Denn sonst wachte er ja auch über jeden ihrer Schritte; er wusste immer, was sie gerade tat und warum. Ständig rief er an, um zu kontrollieren, ob sie zuhause geblieben war, wenn er nicht da war. Und wenn er zuhause war und sie nicht, dann rief er sie auf einem Mobiltelefon an, das beide seit neuestem hatten. Das sind kleine Telefone, die man immer mit sich herumträgt. Handy sagt man deshalb auch dazu, erklärte mir meine Mutti einmal. Sehr praktisch eigentlich, dachte ich mir. Ich glaubte nicht, dass meine Mutti je eine Bekanntschaft machen würde, von der Onkel Peter nichts wusste. Wahrscheinlich bemühte sie sich nicht einmal darum, denn Onkel Peter füllte ihr Leben sowieso aus.

Ich war wieder ziemlich unbedeutend geworden im Lauf der Zeit. Es kam zwar manchmal vor, dass meine Mutti mich in der Wohnung herumschleppte, wenn sie alleine war, und dabei redete sie auch mit mir, meistens erzählte sie mir von ihrem Beruf. Meine Mutti verdiente ein bisschen Geld als Kindergärtnerin, wie ich erfuhr. Sie hatte kleine Kinder gern und erzählte mir, was sie Lustiges taten oder sagten. Das waren meine schönsten Momente mit ihr. Aber dann setzte sie mich wieder irgendwo hin und vergaß mich gedankenverloren dort, als würde sie wie Poldi eigentlich dauerschlafen. So war ich zum Beispiel vor ein paar Tagen hier zwischen den Tee-Packungen gelandet. Zum Glück ignorierte mich Onkel Peter beharrlich und griff mich auch nicht an. Er übersah mich einfach, egal wo ich saß. So konnte er mir wenigstens nichts tun. Wenn ich brav und still war, so wie meine Mutti, dann vergaß er, dass es mich gab.

Jetzt hatten Onkel Peter, meine Mutti und das fremde Paar wohl auch gerade keine Ahnung, dass ich beobachten konnte, was sie taten.

Die Hand des fremden Mannes am Hals von meiner Mutti, Rauch in der Luft, schwache Beleuchtung, schöne Musik aus dem neuen CD-Player, der den alten Plattenspieler ersetzt hatte. Onkel Peter und die fremde Frau tanzten miteinander, auf der kleinen freien Fläche in der Küche, vor den Augen meiner Mutti und des fremden Mannes, der immer noch den Hals meiner Mutti streichelte, und ihr etwas ins Ohr flüsterte.

Ich sah, wie sie stumm den Kopf schüttelte.

Onkel Peter und die fremde Frau tanzten nicht richtig, sie rieben mehr ihre Körper im Rhythmus der Musik aneinander. Ich war empört. Onkel Peter konnte das doch mit meiner Mutti machen, so oft er wollte, und jetzt machte er es vor ihren Augen mit einer anderen Frau. Die Bluse spannte sich über ihrem Busen, der viel größer war als der von meiner Mutti. Ich glaube, am liebsten hätte Onkel Peter auf der Stelle sein Ding in diese fremde Frau gesteckt, die immer zwischendurch leicht stöhnte, dabei neckische Blicke auf Onkel Peter warf und mit ihrer Hand in seinem eitlen Wuschelkopf wühlte. Der andere Mann wollte meine Mutti auch zum Tanzen zerren, aber sie weigerte sich, wie ein kleines trotziges Kind. Onkel Peter bemerkte das und tanzte, besser: er schob sich, an die fremde Frau gepresst, zu meiner Mutti hin. „Schau uns an", sagte er zu ihr. „Und jetzt sei so lieb und mach dasselbe mit dem Franz, der soll doch auch nicht leer ausgehen.“

Onkel Peters Stimme klang leise und gefährlich, viel weniger freundlich als den ganzen Abend zuvor. Aber ich glaube, nur ich und meine Mutti konnten diese Veränderung hören. Ich jedenfalls hatte aus Erfahrung sehr feine Ohren für diesen ganz speziellen Tonfall.

Dieser Franz zog meine Mutti vom Sessel hoch, er lachte dabei; eigentlich sah er ja ganz hübsch aus, mit seinen dunklen Haaren, die so lang waren wie bei vielen Frauen. Und ich glaub, er war auch viel jünger als Onkel Peter. „Du wirst es nicht bereuen“, sagte er zu meiner Mutti, als sie mager und steif in seinen Armen stand. Ein Kinderkörper in den Armen eines erwachsenen Mannes. Aber dieses Bild kannte ich ja schon. Es machte mich beim Hinschauen jedes Mal traurig. Es wäre sicher für mich der passende Zeitpunkt gewesen, etwas zu sagen oder zu kreischen. Ich tat es nicht; wahrscheinlich wollte ich meine Mutti nicht vor den fremden Leuten blamieren.

„Vögle sie ein bisschen, ich will schon was sehen!“, sagte Onkel Peter nach einer Weile zu Franz. Es kam wie es kommen musste. Franz holte sein Ding aus der Hose und steckte es langsam in meine Mutti, so dass Onkel Peter und die fremde Frau genau zuschauen konnten. Ich konnte auch alles genau sehen. Ich habe gesehen, dass meine Mutti keine Haare zwischen den Beinen mehr hatte. Preisgegeben. Schamlos nackt. Ihr Inneres musste bloß liegen, trotz des Hemds, das ihren Oberkörper noch bis zum Bauch bedeckte. (Für mich wäre es unvorstellbar, wenn ich kein Fell hätte. Wer weiß, wie ich in mir drinnen aussähe.)

Alle lachten, als Franz mit seinen Stößen anfing; meine Mutti war dabei an die Wand gedrückt. Sie hatten alle einen Riesen-Spaß. Bis auf meine Mutti. Sie hatte die Augen starr ins Leere gerichtet. Sie schaute durch den Franz, der sich mit ihr abmühte, einfach durch, als wäre er nicht da. Ich kannte diesen Blick von ihr, aus früheren Zeiten.

„Und weil du so brav bist, darfst du jetzt auch zuschauen, was ich mit der Lisbeth mache", sagte Onkel Peter zu meiner Mutti nach einer Weile. Die Lisbeth kniete auf allen vieren am Küchenboden, ihre Bluse hielt kaum noch ihren Busen, und der Onkel Peter steckte sein Ding von hinten in ihren Popo oder so ähnlich. Die zwei Männer schienen sich gegenseitig anzufeuern. Ich kam mir jedenfalls vor wie eine Zuschauerin bei einem Wettkampf. Aber ich sah auch, dass meine Mutti mit starren blinden Augen weinte, als Franz bei ihr fertig wurde und seine Flüssigkeit triumphierend auf ihr Hemd spritzte. Mir grauste. Ich musste wegschauen auf die Bilder von bunten Blumen auf den Teepackungen.

Immer wieder mal, zum Glück nicht allzu oft, musste ich mir unfreiwillig solche und ähnliche Vorkommnisse anschauen, an diesem Abend und an anderen Abenden. Das einzig Gute daran war, dass Onkel Peter an den Tagen danach immer sehr nett zu meiner Mutti war und ihr mit seinen Scherzen manchmal sogar ein Lächeln entlockte. Er konnte auch ganz lieb sein, und ich verstand dann, warum meine Mutti mit ihm zusammenlebte und fast alles mit ihm gemeinsam machte, bis hin zur Auswahl der Kleidungsstücke und dem seltenen vierhändigen Klavierspiel. Manchmal brachte er ihr sogar ein Geschenk oder Blumen nach Hause.

„Ich versteh' ihn eh, ein Mann braucht manchmal eine andere Frau", sagte meine Mutti irgendwann einmal zu mir. Wir saßen dabei ganz gemütlich auf dem Futon im Klavierzimmer, ein paar kärgliche Sonnenstrahlen fielen auf uns. Ihre Stimme war nicht so dünn und schwach wie sonst. Mit mir hatte sie meistens mehr ihre liebe und geduldige Mutti-Stimme. Selten redete sie streng mit mir; das hasste ich dann.

Ich hatte zuvor gewagt, eine Frage zu stellen, weil wir zwei endlich wieder einmal allein waren: „Mutti, bist du nicht eifersüchtig, wenn der Onkel Peter eine andere Frau fickt?", hatte ich gefragt.

Es war das erste Mal, dass ich dieses Wort, das ich schon so oft gehört hatte, selber laut ausgesprochen habe: ficken.

Ich habe es mehr oder weniger herausgewürgt, wie einen Kotzbrocken, der mir lange im Hals gesteckt hatte. Als es endlich heraußen war, konnte ich erst erkennen, was dieses Wort für ein Monstrum ist. Es hat mit Ohrfeigen und Befehlen zu tun, mit Zigaretten-Rauchen, mit Stöhnen, mit diesen langen Dingern, die nur die Männer haben.

Vielleicht hätte meine Mutti es selber einmal aussprechen müssen, dieses Wort: ficken. Das tat sie aber nur, wenn Onkel Peter ihr das befahl. Mir gegenüber hat sie das Wort nie gebraucht. Ich wollte es ihr entreißen. Ich ließ also nicht locker und stellte noch eine zweite Frage, nämlich: „Und er, ist er nicht eifersüchtig, wenn er sieht, wie dich ein anderer Mann fickt?"

Leider ist mein Versuch, meiner Mutti das Wort zu entlocken, gescheitert. Sie hat es nicht ausgesprochen, und damit war es so, als würde es dieses Monstrum und alles, was damit zusammenhängt, für sie gar nicht geben. Meine Mutti antwortete mir nur: „Wenn er zuschauen kann, ist er nicht eifersüchtig. Manchmal freut er sich schon drauf und sagt, dass er gern wieder den Franz und die Lisbeth einladen möchte."

Im Prinzip stimmte es ja schon, was sie mir da erzählte. Nur hatte Onkel Peter andere Worte verwendet; ich war dabei gewesen und hatte es mir genau gemerkt. Von „einladen" war nicht die Rede gewesen. Onkel Peter hatte sich über meine Mutti geärgert, ich weiß wirklich nicht mehr genau, warum; ich glaube, weil sie eines seiner Hemden nicht rechtzeitig gebügelt hatte. Er sagte zu meiner Mutti – so und nicht anders hab ich es gehört: „Ich glaube, ich muss wieder mal die Lisbeth ficken. Die ist wenigstens scharf auf mich." Ich kannte schon den Ton in seiner Stimme, wenn er so was sagte. Es war eine ruhige, gleichgültige Stimme, als wäre meine Mutti ein nasser Fetzen, der auf dem Boden lag und auf den er versehentlich drauftrat. Ich ersparte ihr diese Erinnerung und sagte lange nichts mehr, bis die Sonnenstrahlen vom Futon verschwunden waren.

„Eifersüchtig ist er nur auf die Luise", sagte dann plötzlich meine Mutti in den späten Nachmittag hinein. Das war das erste Mal, dass sie mir gegenüber die Luise erwähnt hat.

Begegnung II
(Meine Mutti wollte mich erst nicht herzeigen und versteckte mich)

Also hatte meine Mutti offenbar doch jemanden kennen gelernt, ohne dass Onkel Peter dabei gewesen war. Jetzt verstand ich auch, warum er manchmal so ausrastete, wenn meine Mutti verspätet von ihrer Arbeit nach Hause kam, ohne vorher anzurufen.

Ganz besonders gut gemerkt hab ich mir die Szene, die ich Ihnen jetzt schildere. Immer wieder musste ich später daran denken, weil es mir selbst auch sehr weh getan hat. Meine Mutti kam schon mit gesenktem Kopf bei der Tür herein und stammelte, bevor Onkel Peter noch etwas sagte, mit ihrer dünnen Kinderstimme: „Entschuldige bitte, Liebling. Wir mussten noch etwas besprechen. Ich habe vergessen anzurufen, ich dachte nicht, dass es so lange dauert."

Onkel Peter war ganz außer sich; so hatte ich ihn bis dahin tatsächlich selten gesehen. Er ging in der Küche auf und ab. Er nahm ein paar Töpfe, die auf dem Herd und in der Abwasch standen und knallte sie nacheinander auf den Küchentisch, wo ich saß. Bei jedem Topf, der wuchtig auf dem Tisch landete, verlor ich ein Stück meiner Haltung.

„Nichts abgewaschen, nichts gekocht. Ich rackere mich ab und bekomme nicht einmal was zu essen, wenn ich hungrig bin. Die gnädige Frau muss nach der Arbeit noch tratschen!"

Sie redeten hin und her, so schnell und viel, dass ich kaum noch etwas verstand. Meine Mutti machte sich schließlich schuldbewusst am Herd zu schaffen, mit gesenktem Kopf und hochgezogenen Schultern.

Onkel Peter nahm ein Handtuch und schlug es ihr von hinten auf den Kopf. „Und die Wäsche ist auch noch nicht gewaschen!"

„Entschuldige", sagte meine Mutti immer wieder. „Es wird nicht mehr vorkommen."

„Hast du mit mir und dem Franz nicht genug? Musst du noch mit dieser Luise herumhuren?" – Herumhuren. Ich gebe das nur wieder, das Wort kenne ich nicht. Onkel Peter knallte die Tür zum Klavierzimmer hinter sich zu und ich hörte ihn spielen; es war wirklich das erste Mal, dass mir Klaviermusik, auch wenn sie nur gedämpft zu mir herüberdrang, wie eine Bedrohung erschien. Etwas, was ich lieber nicht gehört hätte. Meine Mutti nahm mich in ihre Arme. Ich versank in ihrem Duft, in ihrem Schluchzen und in einem Meer von Tränen. Sie hatte mich schon lange nicht mehr so eng gehalten, stoßweise erzitterte ihre Brust. Als ich ganz nass von ihren Tränen war, setzte sie mich auf den Tisch zurück, weich an einen Stapel von Zeitungen gelehnt. In der Küche breitete sich ein Geruch aus, den ich schon kannte – nach Spinat. Onkel Peters Lieblingsessen war fertig.

Ich hörte das Klavierspiel nicht mehr und eine heiße Angst durchströmte mich. Gleich würde er zurückkommen und er schickte das Unheil vor sich her wie eine Windstille vor dem Gewitter. Meine Mutti hantierte noch eifriger am Herd, als er in die Küche trat. Das unerträgliche Geklapper mit dem Geschirr wurde noch heftiger. Mit einem ärgerlichen Ruck setzte sich Onkel Peter an den Tisch, er hatte sich scheinbar noch immer nicht beruhigt. Dann fiel sein Blick auf mich, auf mein lustiges Hundegesicht. Er stutzte kurz. Dann packte er mich grob an den Hinterpfoten, er presste alle beide in einer Hand zusammen und schleifte mich über den Tisch. Ich glaubte, jetzt würde er meinem Hundeleben ein Ende setzen.

„Und dieses Viech will ich hier nie wieder sehen! Nie wieder!"

Mein Kopf hing zum Boden hinunter, als er die Schlafzimmertür öffnete und mich achtlos durch die Luft schleuderte. Ich prallte gegen etwas Festes und landete benommen am Parkett. Rasend trat er auf mich ein, eine dunkle schwere Schuhsohle presste mich platt.

„Mach mit mir, was du willst, aber bitte tu der Putzi nichts!", hörte ich meine Mutti rufen.

Sie kämpfte um mich, sogar nach so langer Zeit, die wir uns jetzt schon kannten. Sie zog mich gewaltsam unter dem Schuh hervor, bekam zuerst nur meine Ohren zu fassen. Es tat mir weh, dieses Gezerre. Aber ich schrie nicht. Meine Mutti kauerte sich über mich und bedeckte mich mit ihrem ganzen Körper, als ginge es darum, einen Teil von ihr selbst zu beschützen. Naja, ich war ja auch ein Teil von ihr. Auf den anderen Teil von ihr, der, der nicht ich war, trat Onkel Peter jetzt mit seinem Schuh hin, ich spürte die Rucke, die durch meine Mutti gingen. Sie schrie genau so wenig wie ich. Als er von ihr abließ, schob sie mich schnell unter das Bett.

„Es tut mir Leid", hörte ich Onkel Peter murmeln und es klang wirklich ein bisschen bedauernd. Hätte mir nicht gerade alles so weh getan, dann hätte ich es ihm beinahe glauben können. „Ich kann es einfach nicht ertragen, dass du dich mit dieser Luise triffst. Ich liebe dich so."

„Aber ich liebe dich doch auch", stammelte meine Mutti dünn. Ich erkannte an ihrem Ton, dass sie sich nicht ganz sicher war in dem Moment. Für so etwas hab ich sehr helle Ohren, auch wenn sie mir noch weh taten von dem Kampf zuvor.

Onkel Peter und meine Mutti standen eine Weile still beieinander. Von meinem Platz aus, unter dem Bett, sah ich nur ihre vier Füße. Wahrscheinlich küsste oder streichelte er sie wieder, wie er das manchmal tat nach so einem Streit. Die Menschen machen doch immer dasselbe, es ist immer vorherzusehen, was als nächstes kommt. Sie tun so, als ob sie alles selbst bestimmen könnten, aber sie sind ihrem Leben genauso ausgeliefert wie wir Stofftiere. Der Gedanke daran machte mich unendlich müde. Es gab keinen Ausweg. Ich konnte meiner Mutti nicht helfen. Ich glaube, zum ersten Mal in meinem Leben verstand ich ganz und gar meinen Kompagnon Poldi, der in aller Ruhe auf dem Regal seinen Dauerschlaf schlief. Ich sehnte mich so nach seiner Nähe, während mich hier unter dem Bett nur der Staub kitzelte.

Ich sah, wie sich die vier Füße entfernten. Onkel Peter und meine Mutti aßen wahrscheinlich jetzt den Spinat, während ich erschöpft einschlief. Ja, so war diese Geschichte.

Später wachte ich neben Poldi auf. Als wäre nie etwas geschehen, saß ich neben ihm am Bücherregal im Schlafzimmer und genoss seine unbewegliche Ruhe. Es war das einzige in meinem Leben, auf das ich verlässlich bauen konnte: auf seine Unerschütterlichkeit. Als Kompagnon war er freilich nicht sehr unterhaltsam, und gerne hätte ich jemanden gehabt, um Spaß zu machen, so wie viel früher mit meiner Mutti. Dafür war Poldi aber eben einfach nicht der Richtige.

Die zwei Betten waren ordentlich gemacht, die Stelle, an der ich von Onkel Peter getreten worden war, sah aus wie immer, glatter, staubgesaugter Parkett. Das Fenster war geputzt und gekippt, ein paar Kleidungsstücke lagen ordentlich auf zwei Sesseln.

Dass immer alles so aussieht, als würde nix passiert sein.

Wer wird mir meine Geschichte schon glauben? Wenn ich lange genug auf die ganze Ordnung schaute, bekam ich ja selber Zweifel, ob nicht mein empfindliches Hundegemüt mich täuschte. Ob ich nicht in Wahrheit ebenso unerschütterlich schlief wie mein Kompagnon Poldi. Und alles nur träumte. Ich erzähle das Leben von meiner Mutti aus meiner Sicht, aber wenn sie das hören könnte, würde sie mich wahrscheinlich auslachen und sagen: „Putzi, du fantasierst. Du bist halt schon eine alte Hundedame!" Und sie würde vielleicht sogar sagen: „Das war ja alles ganz anders." Wahrscheinlich war eh alles in Ordnung, so wie dieses stille Schlafzimmer.

Ich saß jetzt nirgendwo anders mehr als hier, neben Poldi. Wenn mich meine Mutti gelegentlich zu sich holte, viel zu selten leider, vergaß sie nie, mich wieder auf meinen Platz zurückzusetzen. Onkel Peter warf niemals einen Blick zu mir her, auch nicht, wenn er in dem Regal nach Büchern suchte. Entweder hatte er ein schlechtes Gewissen, weil er mich getreten hatte oder er hatte mich vergessen. Ich vermute, er hatte mich ganz und gar vergessen. Welcher erwachsene Mann mit graumeliertem Wuschelkopf, den er täglich vor dem Spiegel begutachtet, beschäftigt sich schon damit, ob er einem Stofftier vielleicht Leid angetan hat? Naja, und vielleicht hab ich ja wirklich nur geträumt oder mir alles zusammenfantasiert. Meine Mutti hat jedenfalls über alle diese Ereignisse nie etwas zu mir gesagt. So eine Ordnung hat schon etwas Beruhigendes.

Meine Mutti hat übrigens den Kontakt zu Luise aufrecht erhalten, trotz dieser Geschichte, die ich Ihnen vorhin erzählt habe. Ich glaube, gesehen hat sie Luise bestimmt nicht sehr oft, außer in der Arbeit vielleicht. Meine Mutti ist jetzt immer pünktlich heimgekommen, hat rechtzeitig für Onkel Peter gekocht und die Wohnung picobello in Ordnung gehalten. Sie hat aber SMS an Luise geschrieben und auch welche von ihr bekommen. Heimlich. Wenn der Onkel Peter nicht da war, ging das ständig hin und her. Ständig meldete ihr Mobiltelefon mit einem lauten Pieper ein neues SMS. Sie hat mir das einmal erklärt: „Das ist so etwas wie Mini-Mini-Briefe", meinte sie. Und sie hat auch gesagt, dass das Spaß machte und dass es ihr nicht so langweilig war, allein zuhause. Ich war ein bisschen beleidigt, wie Sie sich vorstellen können, denn ich hätte ihr ja auch die Zeit vertreiben können. Sie hätte sich ja auch mehr mit mir unterhalten können oder spielen, wie früher.

Sie hätte ja auch wieder mehr Klavier spielen können, aber das machte sie fast überhaupt nicht mehr. Schade. Es war, als hätte Onkel Peter das ganze Klavier für sich in Besitz genommen.

Er spielte viel und meistens sehr schön; ich hörte die Klänge bis ins

Schlafzimmer. Manchmal durfte ich sogar heimlich dabeisein, wenn meine Mutti auf dem Futon im Klavierzimmer saß, um Onkel Peter zuzuhören. Ihr Blick war unverwandt auf ihn gerichtet, als gäbe es nichts anderes auf der Welt, auch mich nicht. „Du bist einfach wunderbar, Peter!", sagte sie oft andächtig, wenn er ein Musikstück beendet hatte und es im Raum nachklang. Er hatte dabei einen Ausdruck im Gesicht, als sei er mitsamt seinem Wuschelkopf eine Art lieber Gott. So ein Gott, zu dem meine Mutti früher gebetet hat, als Kind.

Aber trotzdem: Die Musik – da konnte sie noch so schön sein –, die Musik deckte nur zu, was sonst noch in der Wohnung war.

Der Vorteil des SMS-Schreibens war auch, wie mir meine Mutti erklärte, dass Onkel Peter sie jederzeit am Mobiltelefon anrufen konnte, ohne dass besetzt war und er gleich in Sorge geraten musste, mit wem sie telefonierte, während er nicht da war. Und ob sie mit Luise telefonierte. Meine Mutti und Onkel Peter haben abends im Bett, wenn es schon dunkel war, oft über Luise geredet, obwohl sie noch nie auf Besuch da war und der Onkel Peter sie vielleicht überhaupt noch nie gesehen hatte. Sie war wie ein Gespenst zwischen den beiden, über das sie ständig bei jeder Gelegenheit reden oder sogar streiten konnten.

„Peter spürt eben, dass sie mir wichtig ist", sagte meine Mutti einmal zu mir, und das klang eigentlich ganz zufrieden, sogar stolz. Was ich verstand. Endlich einmal nahm er von ihr Notiz, machte sich Gedanken über sie. Vielleicht wollte meine Mutti sogar, dass Onkel Peter auf Luise eifersüchtig wurde. Nur weil sie selbst dadurch interessanter für ihn wurde. Aber vielleicht irrte ich mich auch und dachte einfach zu viel. Manchmal glaubte ich auch, dass meine Mutti von dieser Luise mehr Aufmerksamkeit bekam als vom Onkel Peter. Und vielleicht war ihr das so wichtig, dass sie diese heimlichen SMS riskierte. Obwohl sie wusste, wie brutal Onkel Peter sein konnte, wenn ihm etwas gegen den Strich ging.

Tja, was weiß ich. Ich bin nur eine alte zerfetzte Hundedame, die sich ihren abgegriffenen Kopf über Dinge zerbricht, die sie eigentlich gar nicht wissen will. Aber was kann ich schon dafür, dass ich mein ganzes Hundeleben lang beobachten musste, wie die Menschen miteinander umgehen. Vor allem, wie die Männer mit meiner Mutti umgehen. Und da macht man sich eben so seine Gedanken, auch wenn man letztlich gar nicht weiß, ob man vielleicht doch alles nur träumt.

Bald darauf hab ich die Luise persönlich kennengelernt, an einem Nachmittag, als Onkel Peter nicht zuhause war. Meine Mutti wollte mich erst nicht herzeigen und versteckte mich. Das hab ich nicht zugelassen und mich bemerkbar gemacht. Luise war ein bisschen erstaunt, vielleicht sogar erschrocken, dass ich selber reden konnte. Ich hab einen Moment lang gedacht, dass sie gleich wieder umdrehen und gehen wollte. Aber dann hat sie doch mit mir geredet und ich hab sie richtig nett gefunden. Ich durfte schließlich bei Luise und meiner Mutti im Wohnzimmer sitzen, zuerst im Fauteuil, und dann zwischen ihnen am Futon. Leider durfte ich nach einer Weile nicht mehr zuschauen, wie sie sich gegenseitig die Hände streichelten. „Putzi, das ist nix für dich", sagte meine Mutti. Als ob ich nicht schon viel schlimmere Dinge gesehen hätte. (Aber das wusste meine Mutti wahrscheinlich gar nicht.) Sie drehte mein Gesicht zur Bank. „Arme Putzi" hörte ich die Luise noch sagen. Dann schlief ich wohl ein, meine Hundeschnauze ganz einsam an den Stoff von der Futonbank gedrückt.

Teil II

Say it, say it, say it.
Tell it like it is.
What breaks your heart.
What keeps you awake at night.
How your anger and grief
make you want to cry out.
And tell it like it is.
But say, you'll never close your eyes.
Or pretend that it's a rosy world.
Tracy Chapman
(Aus dem Album „New Beginning", 1994)

Lügen
(Dass immer alles so aussieht, als würde nix passiert sein)

Als ich aufwachte, war die Luise fort. Und meine Mutti auch. Im Zimmer war alles so, als wäre nie etwas passiert. Die Nacht musste schon lange vorüber sein. Auf dem Futon lag, ordentlich zusammengefaltet, eine Decke. Ich erinnere mich, dass ich auf dem Futon eingeschlafen war, jetzt saß ich aber wieder im Fauteuil. Das Klavier glänzte schwarz vor mir. Die Kerzen waren ausgelöscht. Das Bild an der Wand fiel mir zum ersten Mal so richtig auf, ein fröhliches Bild mit wirren Strichen, in den Farben Rot und Gelb. Ich hatte genug Zeit, um es anzuschauen. Keine Ahnung, wann meine Mutti kommen würde, um mich wieder an meinen Stammplatz neben Poldi zu räumen. Ich war das lange Alleinsein schon gewöhnt.

Ich erinnere mich sicher richtig. Luise hatte mit ihrem Finger ganz vorsichtig meine Hundeschnauze berührt und ich glaube, sie war auch ein bisschen davor erschrocken, dass meine Mutti mit zwei Stimmen geredet hatte, mit ihrer eigenen und mit meiner. Wenn sie gewusst hätte, dass meine Mutti auch noch eine Kinderstimme, extra für Onkel Peter, hatte, und eine, die nur grunzen und „Ich will schlafen" sagen konnte, die dem Poldi gehörte! Luise hatte aber nicht nur meine Schnauze angestupst, sondern auch „Arme Putzi" gesagt; das werde ich ihr nie vergessen.

Sie war der einzige Mensch, der meine Traurigkeit, meine Armseligkeit, meine Verlassenheit spüren konnte, trotz meines lustigen Gesichtes.

Luise hat sich nicht täuschen lassen. Sie hatte erkannt, dass ich viel mehr war als eine simple alte, zerfetzte Hundedame aus Stoff. Wenn ich weinen könnte, hätte ich es damals getan, auf der Stelle. Aus

Glück und aus Traurigkeit gleichzeitig. Glücklich, erkannt worden zu sein. Traurig, weil mich meine heitere Maske, mein lustiges Hundegesicht nicht mehr schützte. Jedenfalls nicht vor Luise.

Ich begann, mich nach Luise zu sehnen, schmerzhaft. Es war so ähnlich wie damals in der Auslage, als ich lebendig wurde, weil meine Mutti mit ihren dunkelbraunen Augen auf mich geschaut hatte.

Aufmerksam beobachtete ich, längst wieder zurück auf meinem Platz neben Poldi, ob meine Mutti weiter SMS an Luise schrieb. Das war zum Glück der Fall; das Mobiltelefon piepte sehr oft, wenn Onkel Peter nicht da war. Ich war jetzt kein bisschen mehr eifersüchtig auf diese Mini-Mini-Mini-Briefe, sondern fühlte mich als Teil von ihnen, dazugehörig.

„Luise hat gefragt, wie es dir geht", sagte meine Mutti einmal zu mir. Wie lange war es her, dass sich jemand um mich gekümmert hatte? Eine Glückseligkeit durchströmte mich, wie ich sie nur ein paar Mal erlebt habe.

„Frag sie, ob sie wieder kommt", quäkte ich meine Mutti an und verfluchte meine ekelhafte Stimme, der ich so gern den sehnsüchtigen Ton verliehen hätte, der mich eigentlich bewegte. Meine Mutti schaute mich merkwürdig lange an, so als hätte eigentlich sie selbst fragen wollen. Dann tippte sie geschäftig auf ihr Mobiltelefon ein; immerhin konnte sie ja so tun, als ob ich, Putzi, das wissen wollte und nicht sie, Tina. Ihre langen Haare fielen auf das Handy, als wollte sie ihr Gesicht verstecken. Ich glaube, sie hatte ein bisschen Angst vor der Frage und vor der Antwort. Aber es dauerte nicht lange, bis zum nächsten Piep-Signal.

„Sie möchte gerne wiederkommen", berichtete meine Mutti, ohne mir einen Blick zuzuwerfen. Sie lag auf ihrem Bett und starrte auf das Telefon. Ein wenig fassungslos, als hätte sie etwas Schreckliches angerichtet.

„Freust du dich denn nicht, Mutti?", fragte ich.

„Nein. Ich kann Luise ja gar nicht einladen. Peter ist in nächster Zeit nicht länger weg."

Ein Schatten fiel in das ordentliche Schlafzimmer. Vielleicht verdunkelte draußen gerade eine Wolke das Sonnenlicht. Ich begriff, dass ich mich in meiner Sehnsucht nach Luise genauso geduldig einrichten musste wie meine Mutti.

Was für ein kläglicher Ersatz das Piepen des Handys war, wenn man eigentlich die Nähe eines Menschen, eines ganz bestimmten Menschen, brauchte.

Ich begann Poldi zu vernachlässigen, ich gebe es zu. Meine ohnehin nur noch halbherzigen und gelegentlichen Versuche, ihn aus seinem Dauerschlaf zu wecken oder ihm ein unwilliges Grunzen zu entlocken, wurden noch seltener. Und zeitweise vergaß ich jetzt ganz auf ihn, obwohl ich ja fast ständig neben ihm saß. In meinem Kopf erfand ich mir Geschichten von Luise. Luise mit ihren blonden schulterlangen Haaren, ihrem verlegenen oder ratlosen Lächeln, ihr Zeigefinger, der vorsichtig auf meine Schnauze zukam, die liebevollen Blicke, die sie meiner Mutti zugeworfen hatte. Luises Finger, wie sie sich zwischen die Finger meiner Mutti geschoben hatten, wie ihre Hand über die Hand meiner Mutti gestreichelt hatte, als könnte sie gar nicht anders. Und wie die Haut meiner Mutti dabei immer heißer geworden war. An all das erinnerte ich mich, wie wenn man einen Film immer wieder sieht.

Ich habe so viel gesehen in meinem Hundeleben. Vieles, was ich lieber nie gesehen hätte. Aber Luise hab ich gern gesehen.

Ich begann mir vorzustellen, wie das wäre, wenn Luise bei uns wohnen würde, wie sie in der Küche hantieren würde. Wie sie mit dem Onkel Peter reden würde. Wie sie mit meiner Mutti spazieren gehen würde. Wie sie beim Schlafen ausschauen würde. Und ich fragte mich, ob sie auch von irgendeinem Mann, den ich nicht kannte, gefickt wurde. War das bei allen Frauen so? Angeblich hatte Luise auch ein kleines Kind, das hörte ich einmal bei irgendeinem Streit zwischen Onkel Peter und meiner Mutti. „Die Luise hat doch eh fast keine Zeit, ihr Sohn ist noch ganz klein, hat gerade erst im Kindergarten angefangen", hatte meine Mutti gesagt, als der Onkel Peter schon wieder ärgerlich war, weil sie nicht auf die Sekunde genau nach Hause gekommen war. Ich schnappte alles, was ich so nebenbei über Luise hörte – viel war es eh nicht – wissbegierig auf.

Ich dachte mir also Geschichten mit Luise aus wie ich mir früher Geschichten mit Stofftieren ausgedacht hatte. Viel hatte ich ja sowieso nicht zu tun, hier oben am Regal neben Poldi, dem faulen Schwein. Er veränderte nicht einmal seine Schlafposition. Da sollte man nicht untreu werden! Ja, ich wurde Poldi untreu, zum ersten Mal, seit ich ihn kannte. Es ist wie es ist, da brauch ich nicht lange herumzureden: Die Fantasien über Luise waren mir wichtiger als er mit seinem ganzen altrosa Fell, an dem ich zwar oft gemütlich angelehnt war wie an einen weichen Polster, aber das war auch schon alles. Direkt neben ihm hab ich ihn vergessen.

Ich wartete genauso wie meine Mutti auf jedes Piepen des Handys, kaum dass meine Mutti wieder einmal alleine zuhause war. Meistens war meine Mutti dann gut gelaunt, trug mich in der ganzen Wohnung herum und ließ mich einmal da und einmal dort sitzen – eine schöne Abwechslung. Sie hat mir auch hin und wieder kleine Lieder vorgesungen; das machte sie jetzt öfter, anstatt auf dem Klavier zu spielen. Wenn sie leise neben meinen Ohren sang, fiel mir auf, dass sie eigentlich eine schöne weiche, warme Stimme hatte, noch schöner als ihre geduldige, zärtliche Mutti-Stimme, in der sie meistens mit mir redete. Wenn sie leise neben meinen Ohren sang, machte ich immer die Augen zu. Denn dann konnte sie mich verzaubern. Ich glaubte dann, dass ich die Luise war und meine Mutti küsste, so wie sie mich immer geküsst hatte vor langer Zeit, als ich noch geglaubt hatte, dass Küsse eine andere Form von Sehen sind und nicht nur eine kurze Begleiterscheinung des Fickens, wie das Stöhnen, das Zigaretten-Rauchen und das Herumspritzen.

Es fiel mir übrigens mittlerweile schon ganz leicht, das Wort „ficken" zu denken. Ich hatte auch schon so oft gesehen, was die Männer beim Ficken mit meiner Mutti machten, ich hatte ganz die Scheu davor verloren. Beim Zuschauen kam mir das Ficken sogar meistens ganz normal und eher langweilig vor, wenn nicht irgendwas Außergewöhnliches dabei war, Schläge oder ein Streit zum Beispiel oder fremde Leute.

Einmal – ich saß wie immer neben Poldi am Schlafzimmer-Regal – bin ich sogar beim Zuschauen eingeschlafen. Meine Mutti wusste offenbar schon, dass der Onkel Peter an diesem Abend vorm Licht-Ausmachen mit ihr ficken wollte. Sie lag ganz ergeben ohne Nachthemd im Bett, ihr glattrasierter magerer Körper mit den kleinen Brüsten war von der Lampe angestrahlt, man sah jedes Detail, auch die dicke Narbe an ihrem Unterarm.

Der Onkel Peter kam bei der Tür herein, er war auch schon nackt, wahrscheinlich kam er aus der Dusche, und sein Ding war schon steif. Er ist eine Weile nur vor ihr gestanden und hat sie angeschaut, ohne irgendwas zu tun. Zum Glück hatte meine Mutti die Augen zu. Er fing dann mit dem Ficken an und es ist eh immer dasselbe, so bin ich eingeschlafen, noch bevor es zu Ende war.

Aufgewacht bin ich, weil Onkel Peter tobte. Und weil ich mich selbst „Au!" schreien hörte. Oder war es doch meine Mutti? Ich sah, wie Onkel Peter heftig auf meine Mutti hinschlug. Sie waren beide noch immer nackt und das Licht war immer noch an. Ich weiß nicht, wie viel Zeit ich verschlafen hatte. Jedenfalls schlug Onkel Peter meine Mutti ins Gesicht und schrie dazu: „Du bist überhaupt nicht bei der Sache. Da kann ich nicht! Ich fick doch keine Leiche."

Ich glaube, es war besser, dass meine Mutti gar nichts sagte, stumm blieb. Jedes Wort von ihr hätte ihn noch mehr erbost. Sein Ding baumelte vor ihm her, als er sie schlug. Meine Mutti hatte ihr Gesicht zur Seite gedreht und es mit ihren Händen bedeckt.

„Schau mich an, wenn ich mit dir rede!", brüllte er. Er spuckte ihr ins Gesicht; so hab ich ihn noch nie gesehen.

Musste er halt spucken, wahrscheinlich weil er nicht ficken und spritzen konnte.

Warum bloß immer nur ich aufwachte, wenn so schreckliche Dinge passierten? Warum wachte nicht ein einziges Mal mein fauler Kompagnon auf, damit er auch sah, was hier abging? Ich wollte nicht immer die einzige Zeugin sein, die sich all das merken musste. Und meine Geschichte wird mir sowieso niemand glauben.

„Seit diese Luise in deinem Kopf herumgeistert und wer weiß was mit dir macht, bist du nicht einmal für das Einfachste zu gebrauchen! Ich bin doch kein anderer als früher, und du bist immer geil auf mich gewesen." Er hielt ihr sein schlaffes Ding vors Gesicht. „Da, du hast mich doch immer darum angebettelt!"

Er übertrieb. Angebettelt hatte sie ihn nie, zumindest hatte ich das nie gehört. Manchmal hatte er ihr befohlen, dass sie ihn anbetteln sollte, das hatte sie dann auch getan. Aber das ist ja etwas anderes. Heute weiß ich nur mehr sicher, dass meine Mutti sich nachher immer lang geduscht hat, während Onkel Peter in seinem Bett zufrieden eingeschlafen ist. Aber gut, ich bin nur eine alte, zerfetzte Hundedame. Alles kriegte ich sicher nicht mit, nur das Wesentliche. Das, was sich immer wiederholte.

„Meine Mutti sieht die Luise nie!", hörte ich mich plötzlich rufen; ausnahmsweise passte mein quengelnder Tonfall diesmal perfekt. Ich genierte mich überhaupt nicht und ich hatte keine Angst. Mutig verteidigte ich meine Mutti und Luise mit dieser Lüge.

Denn dass sie sich nie sahen, konnte man nun wirklich auch nicht behaupten. Natürlich, die Luise war bis dahin – soviel ich wusste – nur ein einziges Mal zu uns in die Wohnung gekommen und ansonsten ging ja meine Mutti praktisch nie ohne den Onkel Peter aus. Aber immerhin war Luise die Mutter von einem Kind, das meine Mutti im Kindergarten betreute. Und dort begegneten sie sich doch. Einmal hatte mir meine Mutti ganz im Vertrauen erzählt, dass sie manchmal sogar gemeinsam Kaffee tranken, in der Küche vom Kindergarten, während der Ruhezeit der Kinder. Und wenn die Kinder brav waren, konnten Luise und meine Mutti ein bisschen reden. Meistens redeten sie über die Kinder oder über ihre Männer. Manchmal auch über ihre Träume, hatte mir meine Mutti einmal, leise seufzend, gestanden, und: „Ich hatte noch nie eine richtige Freundin!"

Ob sich Luise und meine Mutti bis dahin schon einmal richtig geküsst hatten, Lippen auf Lippen, kann ich nicht sagen. Gesehen hatte ich es nie. Ich stellte es mir aber oft vor, wenn ich mir meine Geschichten über Luise ausdachte oder wenn mich meine Mutti beim Singen verzauberte, dass ich mich plötzlich gar nicht mehr wie eine Hundedame aus Stoff fühlte, sondern wie ein Mensch, eine Frau, wie Luise, und dass ich dann mein Herz klopfen spürte, als ob wirklich Blut durchrinnen würde. Natürlich weiß ich, dass mein Herz nur aus Stoff ist und dass in Wahrheit da kein Blut durchrinnen kann wie bei den Menschen. Ich weiß aber auch, dass es Dinge gibt, die man spüren kann, auch wenn man sie nicht sieht. Und die man sehen kann, auch wenn man sie nicht angreifen kann.

Ich stellte mir vor, wie ich, hier und jetzt, im Schlafzimmer, für Luise und für meine Mutti kämpfte.

Beide waren ein Teil von mir.

Luise ein Teil meines geträumten, Mutti ein Teil meines wirklichen Lebens. Sie gehörten zusammen, und der Onkel Peter durfte keiner von den beiden etwas zuleide tun.

Darum hatte ich diese Lüge wie ein Schwert aus mir herausgezogen, und eine bewaffnete Hundedame musste auch ein wütender Mann respektieren. „Meine Mutti sieht die Luise nie!", wiederholte ich.

Onkel Peter schaute mich verdutzt an; immerhin hörte er auf, meine Mutti zu schlagen und anzuspucken. Er kam zu mir her, Aug in Auge standen wir uns gegenüber; ich, wie ich da heroben auf dem Regal saß, und er, wie er sich in seiner ganzen Größe vor mir aufpflanzte, aber mich nicht überragen konnte.

„Ach", sprach er mich direkt an, mit so einem Tonfall, als würde er Spaß machen, aber ich hörte die Gefährlichkeit heraus. „Das Stofftier weiß Bescheid über alles ..."

Ich nahm all meinen Mut zusammen. „Jawohl. Du bildest dir diese ganze Luise-Geschichte nur ein! Sie haben seit Wochen keine drei Wörter miteinander geredet!", quetschte es sich aus mir heraus. Mehrere Sätze hintereinander, schon wieder! Ich war von meinem eigenen Mut überrascht und stolz. Ich schaute Onkel Peter von oben herab an.

„Und woher willst du das wissen, du obergscheites Viech?" Onkel Peter hatte einen merkwürdig stupiden Ausdruck im Gesicht, als er mir diese Frage stellte. Seine Augen unter den buschigen Augenbrauen waren zusammengekniffen, so wie wenn man sich bei schlechtem Licht Bilder anschaut. Aber immerhin redete er mit mir.

„Stofftiere wissen eben mehr als Menschen", antwortete ich noch mehr von oben herab, weil ich merkte, wie unsicher er war. Ich bemühte mich, meiner ekelhaften Stimme einen geheimnisvoll-gelassenen Ausdruck zu verleihen. Zugegeben, ein kläglicher Versuch. Aber immerhin blitzte mein Lügenschwert zwischen uns auf und machte mich mächtig. Ich fühlte mich wie die schönen tapferen Ritter in Fernsehfilmen. Supertoll wie selten zuvor. Onkel Peter beruhigte sich erstaunlicher Weise. Vielleicht war er auch nur einfach müde und erschöpft. Von seinen Schlägen, von seinem erfolglosen Ficken oder vielleicht von seiner Arbeit, keine Ahnung. Er schüttelte jedenfalls nur den Kopf. Vielleicht hatte ich ihn doch ein bisschen durcheinandergebracht. Vielleicht hatte er auch überlegt, dass er auf Luise tatsächlich nicht so eifersüchtig zu sein brauchte. Er wusste doch eh über jeden Schritt Bescheid, den meine Mutti tat. Jedenfalls legte er sich in sein Bett ohne einen weiteren Versuch, meine Mutti zu ficken oder zu schlagen. Für heute Abend hatte ich sie mit meiner Lüge gerettet.

Das Leben mit der Lüge war freilich auf die Dauer nicht angenehm, auch wenn ich im ersten Moment ein Gefühl von Überlegenheit hatte. Die ausgesprochene Lüge ist mehr als eine Heimlichkeit, von der niemand was weiß – wie zum Beispiel diese vielen SMS, wenn meine Mutti allein in der Wohnung war. Bei einer Heimlichkeit ertappt zu werden ist schon schlimm. Eine Lüge nachgewiesen zu bekommen wäre noch viel schlimmer, bedrohlich sogar. Als wäre man gegen eine Wand gepresst und hilflos dem ausgeliefert, was da als Strafe kommen würde. Das Peinlichste ist sicher, eine Lüge zugeben zu müssen, weil man nicht mehr anders kann. Gestehen zu müssen: Ja, ich habe gelogen. Und das womöglich noch direkt dem gegenüber, den man belogen hat, Onkel Peter also in diesem Fall. Allein die Vorstellung, er könnte auf meine Lüge draufkommen, verschaffte mir angstvolle Nächte, trotz Poldis beruhigender Nähe.

Onkel Peters Wut stellte ich mir als mein Ende vor. Er würde mich in aller Ruhe in meine Einzelteile zerlegen: Ohren, Pfote, Schwanz. Alles, was je in mich hineingestopft wurde, würde er herausholen, auseinanderbreiten, ans Tageslicht bringen, umbringen.

Sie können sich also vielleicht vorstellen, dass ich höllische Angst hatte. Ich versuchte, meine Lüge vor mir selbst klein zu reden. Es war ja genau genommen doch auch keine Lüge. Sicher hatte meine Mutti nicht allzu viel persönlichen Kontakt mit Luise; insofern hatte ich also sogar fast die Wahrheit gesagt. Aber eben nur fast, daran war nicht zu rütteln.

Denn dass die Gedanken meiner Mutti ständig um Luise kreisten, war ebenso die Wahrheit. Die Wahrheit, die Onkel Peter spürte, wenn sich meine Mutti gedankenverloren von ihm ficken ließ oder abwesend den Zuckerstreuer vor ihn hinstellte, wenn er doch Salz verlangt hatte. Er hatte zwar die Kontrolle über fast jeden ihrer Schritte, aber doch nicht ganz über ihre Gefühle. Für mich als Stofftier war es bedrückend, mit einer Wahrheit zu leben, die nur ich beschreiben konnte. Und mit der Lüge, die zu dieser Wahrheit gehört. Die Wahrheit, dass ich die Gefühle von meiner Mutti spürte. Und die Lüge, dass ich trotzdem so tat, als hätte ich von diesen Gefühlen keine Ahnung. Aus Angst, Zwiespalt und Durcheinander wurde ich erstmals in meinem Leben richtig krank.

Es fing damit an, dass ich mich schwach fühlte und mir alles schwer fiel, selbst das Denken und das Sitzen. Meine Pfoten hingen an mir herab als würden sie mich zu Boden ziehen wollen. Meine Ohren waren empfindlich auf jeden Luftzug im Zimmer. Poldis gelegentliches schwaches Grunzen kam mir vor wie ein Donnergrollen. Onkel Peters Klavierspiel – das einzige, was ich an ihm wirklich gern mochte – war eine Qual. Anstelle der Melodie hörte ich nur ein nicht enden wollendes Hinhacken seiner Finger auf die Tasten. Jeder Ton ein Gewaltakt. Das ständige Piepen vom Handy, wenn meine Mutti SMS mit Luise schrieb, raubte mir den Schlaf. Aber niemand nahm von meinem elenden Zustand Notiz, nicht einmal Poldi, an den ich jetzt so stark angelehnt war, dass ich fast an ihm klebte. Ich fühlte mich schwer wie ein Stein. Ich hasste mein ewig gleiches lustiges Hundegesicht, an dem man einfach nicht ablesen konnte, wie ich mich wirklich fühlte. Es war ein ernstliches Problem. Ich hätte fest zugedeckt in einem Bett liegen müssen, warm und sicher an meine Mutti geschmiegt, und sie hätte mich trösten müssen, mir sagen müssen, dass eine Lüge keine Katastrophe ist, sondern auch etwas Gutes an sich hat, nämlich, dass man so tun kann, als ob alles in Ordnung wäre. Ich brauchte Muttis Trost; das war es, was mich gesund gemacht hätte. Aber sie hatte nur die SMS mit Luise im Sinn. Ich verstand sie und ergab mich in mein Schicksal.

Mit einem halben Ohr horchte meine Mutti immer, ob die Wohnungstür aufging und Onkel Peter schon nach Hause kam. Dann löschte sie die letzten Mini-Mini-Briefe blitzartig von ihrem Handy oder schaltete es überhaupt aus. Zu mir sagte sie manchmal: „Psst, nix verraten!" Ich frage mich, was sich wohl Luise dachte, wenn von einer Sekunde auf die andere keine Nachrichten mehr von meiner Mutti kamen. Wie abgeschnitten musste sie sich doch fühlen.

Ob Luise wusste, wie streng Onkel Peter war? Aber das traute ich mich meine Mutti nicht zu fragen, und außerdem war ich jetzt überhaupt zu schwach, um auch nur einen Ton von mir zu geben. Mein Hundeleben war mir einfach zu viel, diese Lüge auf meinen Schultern und die verwirrend verschlungenen Gestalten von Mutti und Luise in meinen Gedanken.

Onkel Peter war endlich wieder einmal verreist. Ich merkte das daran, dass er morgens nicht in seinem Bett lag. Ich war noch immer elendiglich krank und erschöpft (kein Wunder, wenn mich niemand gesund pflegen wollte). Meine Mutti und Luise standen im Schlafzimmer ganz nah nebeneinander, ihre Atemluft und der Geruch ihrer Körper mussten sich schon vermischt haben. Aber sie berührten sich nicht. Es gibt Umarmungen, die finden ohne Körperkontakt statt. Und ausgerechnet jetzt klingelte das Telefon. Meine Mutti hob ab und zwitscherte mit ihrer Kinder-Stimme in den Hörer. Da war mir klar, dass Onkel Peter am anderen Ende der Leitung war. „Es wird sicher wunderbar", sagte meine Mutti und „Ja, ich liebe dich auch." Wie so oft. Nur dass diesmal die Luise dabeistand, es mitanhören musste.

Beinahe umarmt, stand Luise nun verlassen im Raum. Sie tat mir leid.

Was tun Menschen, die von anderen Menschen verlassen sind? Sie wenden sich Stofftieren zu. So machte es auch Luise. Und für mich bestand endlich eine Chance, dass meine Krankheit entdeckt wurde. Luise nahm mich vom Regal.

„Da ist sie ja, die Putzi. Ich hab dich schon vermisst!", sagte sie zu mir, mit dieser Stimme, mit der man – glaub ich – zu kleinen Kindern redet. Luise streichelte mich, ihre blonden Locken fielen wie ein Vorhang über mein lustiges Gesicht. Meine Mutti telefonierte noch immer mit Onkel Peter, sie war inzwischen hinaus in die Küche gegangen.

„Sprichst du heute gar nicht mit mir?", fragte mich die Luise. Wahrscheinlich wollte sie mich necken. Denn sie wusste doch, dass ich nur reden kann, wenn meine Mutti bei mir ist. Und außerdem war ich sowieso viel zu krank, um einen Ton herauszubringen. Ich versuchte, so erschöpft dreinzuschauen, wie ich mich tatsächlich fühlte. Vielleicht würde wenigstens Luise, die schon so viel von mir erkannt hatte, entdecken, wie schlecht es mir ging. Aber auch sie ließ sich durch mein lustiges Gesicht täuschen. Vielleicht war sie unkonzentriert und suchte nur eine Ablenkung, um nicht mit anhören zu müssen, wie meine Mutti mit Onkel Peter telefonierte und „Ich liebe dich" zu ihm sagte.

„Nein, die Putzi spricht heute nicht mit mir", neckte mich Luise weiter. „Für die Putzi bin ich heute Luft!" Und sie drehte meinen Hundekopf weg von sich, wie um mir zeigen zu wollen, was das heißt, „Luft zu sein".

Unsichtbar zu sein. Nicht wahrgenommen zu werden.

Ach, wissen Sie, ich bin so oft in meinem Leben nicht wahrgenommen worden! Ich weiß genau, was es heißt, Luft zu sein. Darüber brauchte ich nicht von Luise belehrt zu werden. Noch dazu, wo ich doch so schwer krank war und mir jede Bewegung, die mir zugefügt wurde, so schwer fiel. Aber ich ließ es mit mir geschehen. Weil ich Luise gern hatte, weil sie ein Teil von meinen Gedanken war und weil ich hoffte, sie könnte meine Krankheit doch noch entdecken.

Schließlich war es dann ja doch Luise, die rein zufällig meine Lage entscheidend verbesserte. Denn als meine Mutti wieder ins Schlafzimmer hereinkam, legte mich Luise ins Bett meiner Mutti und deckte mich bis zum Hals zu. Und dann – was für ein Glück – nahm sie auch noch meinen Kompagnon Poldi vom Regal und legte ihn zu mir unter die Decke.

„So", sagte Luise, „das kann ja nicht angenehm sein, immer nur da oben auf dem Regal zu sitzen. Hier im Bett ist es viel bequemer." Ich hörte mich ein schwaches „Danke!" herausquetschen. Sogar Poldi öffnete für einen zarten Augenblick seine kleinen Schweinsaugen und rang sich im Halbschlaf zu seinem Standardsatz mit einer grandiosen kleinen Variation durch: „Ich will weiterschlafen", grunzte er statt dem üblichen „Ich will schlafen." Er versank gleich wieder erschöpft oder desinteressiert, was weiß ich, in seiner Welt, aus der alle anderen ausgeschlossen waren.

Ich aber sah genau, dass Luise und meine Mutti ihre Umarmung fortsetzten, diesmal mit richtigem Körperkontakt. Luise legte zuerst ihre Arme um meine Mutti und dann ihre Wange an die von meiner Mutti. Ich wusste, wie sich das anfühlte. Weich, zart, vorsichtig, irgendwie ohne Ziel. Wenn meine Mutti und Onkel Peter so da standen, wusste ich immer genau, was als nächstes kam. Aber die zwei Frauen wussten wohl nicht, wie das weitergehen sollte, was sie da taten, darum dauerte es vielleicht so lang. Was ich sah, war, dass meine Mutti schließlich ihre Hände, die das Klavierspiel wahrscheinlich schon ganz vergessen hatten, unter den Pulli von Luise schob und ihren Rücken streichelte, endlos lang wie früher mehrere Musikstücke hintereinander gedauert hatten. Ich beobachtete, wie sich der Stoff des Pullovers über ihren Händen bewegte. Ich hatte sie das noch nie beim Onkel Peter machen sehen. Auch nicht beim Klavierlehrer damals, der immer auf die Uhr geschaut hatte, und bei ihrem Papa schon gar nicht, wo sie immer nur starr dagelegen war. Meine Mutti und Luise standen verschlungen da, so wie schon oft in meinen Gedanken. Dann gingen sie hinaus. Ihre leisen Seufzer schwebten noch lange durch das Schlafzimmer. Die Wärme unter der Decke und die Müdigkeit brachten meine Gedanken zum Stillstand.

Es war dunkel im Zimmer, als die Tür einen Spalt aufging; ein leises Knarren, ein Lichtstrahl fiel herein. Ich kannte mich nicht aus. Hatte ich jetzt geschlafen, hatte ich nur aufgehört nachzudenken, hatte ich nur den Seufzern von Luise und meiner Mutti im Zimmer zugehört, solange ich sie mit meinen feinen Hundeohren hören konnte, bis sie schließlich verebbten? Ich sah den Schatten von Luise hereinkommen, allein. Ich erkannte sie an ihren Bewegungen, sie war nämlich größer als meine Mutti und längst nicht so mager. Sie füllte das Zimmer besser aus als meine Mutti, die überall, wo sie stand, fast verschwand. Hatte Luise etwas vergessen? Sie kam zu mir ans Bett und beugte sich über mich und Poldi, von dem überhaupt nur ein kleines Stück seines Kopfes aus der Decke herausblitzte. „Hallo Putzi", flüsterte die Luise. „Ich möchte dir was geben, bevor ich gehe. Ich will dir das schon lange schenken." Mir etwas schenken? Mir? Einer zerfetzten alten Hundedame aus Stoff, mit einer ekelhaften Stimme und einem hilflos lustigen Gesicht? Außer dem rosa Kleidchen, das ich seinerzeit anziehen hatte müssen, als meine Mutti noch ziemlich klein war, und das ich bis heute ständig trage, nur dass es kaum noch rosa ist, sondern eher grau und fleckig, war mir noch nie etwas geschenkt worden. Ganz sicher nicht. Das hätte ich mir gemerkt über all die lange Zeit. Luise hielt etwas Weiches, Flauschiges vor mein Gesicht. Vielleicht war es etwas Rotes, aber im Dunkel des Zimmers konnte ich das nicht genau erkennen. Der Lichtstrahl von der Tür her war zu schwach.

Luise legte das flauschige Ding neben mich, unter die Decke. Auf der einen Seite schlief Poldi, auf der anderen Seite lag das Geschenk. Ich mittendrin, zugedeckt bis zum Hals.

„Damit du's weißt, es ist ein Herz, es ist mein Herz, das für dich schlägt und das immer bei dir sein soll", flüsterte Luise und ich dachte, gleich würde sie mir noch einen Kuss auf meine Hundeschnauze drücken. Ich hätte nix dagegen gehabt, griff mich doch eh so selten jemand an, und schon gar nicht zärtlich. Aber die Luise schaute mich nur an, sie erwartete nicht, dass ich Danke sagte. Erstens weil meine Mutti nicht da war, um mir eine Stimme zu geben. Und zweitens, das war noch viel wichtiger, weil es eben Geschenke gibt, für die man gar nicht Danke sagen kann. Weil sie wie ein Schicksal daherkommen und man sie gar nicht gleich begreift.

Luise musste meine Mutti sehr gern haben, das war mir spätestens jetzt klar. Wenn sie sogar mir, dem quengeligen, hässlichen, lästigen Teil meiner Mutti ein schönes Geschenk machte! Ein Herz. Luises Herz. Mein Herz. Jetzt hatte ich wirklich eines. Ich hatte es aber auch verdient – der Lohn für ein langes, langes Hundeleben. Dafür, dass ich so viel erleben hatte müssen, was ich eigentlich gar nicht wollte. Irgendwie hatte ich Luises Herz erobert, fand ich, und war ein bisschen stolz darauf. Schließlich hatte ich ja viel ausgehalten. Und mich gegen manche Dinge auch tapfer gewehrt. Immer nur bescheiden sein, war schließlich auch nicht das Wahre. Da hätte ich ja gleich dauernd schlafen können wie mein fauler Kompagnon. Verzeihen Sie, aber ab und zu muss man sich selber loben, wenn es sonst keiner tut.

Luise ging wieder, sie lehnte die Tür hinter sich nur an. Ich sah, wie in der Küche draußen das Licht ausging und dann hörte ich noch die Wohnungstür ins Schloss schnappen.

Das Herz duftete nach Luise. Ich dachte, es würde alles gut werden. Ich würde nie mehr Langeweile oder Angst spüren. Und ich würde nie mehr ekelhafte Dinge anschauen müssen.

Meine Mutti kam erst in das Schlafzimmer, als es draußen schon anfing hell zu werden. Sie kroch zu mir und Poldi unter die Decke, mit verwirrtem Haar und nur ein langes zerdrücktes T-Shirt über dem mageren Körper. Sie nahm Poldi und mich und drückte uns beide ganz an sich. Das Herz entdeckte sie kurz danach. „Was ist denn das?", murmelte sie verschlafen und betappte das flauschige Ding mit den Händen. Ich musste ihr die Antwort auf diese Frage nicht geben.

Schicksal kann man nicht erklären.

Meine Mutti roch Luises Duft an meinem Herzen! Ihre Wangen waren leicht gerötet, nicht so blass wie sonst immer. Und sie machte ein Gesicht, wie ich mir immer vorstelle, wie das sein muss, im siebenten Himmel zu sein. Wie ich das manchmal bei schönen Leuten im Fernsehen gesehen hatte. Wir alle unter einer Decke, ich, meine Mutti, Poldi und unser Herz.

Ich wurde gesund. Ich wäre nicht gesund geworden, wenn ich damals schon gewusst hätte, dass ich Luise nicht wieder sehen würde.

Der siebente Himmel ist doch weiter weg, als mir damals schien. Onkel Peter kam zurück, ich wurde wieder ordentlich auf das Bücherregal im Schlafzimmer verpflanzt, Poldi auch. Und das rote flauschige Herz auch. Sie hätte es für mich und Poldi gekauft, weil wir doch ein Paar seien, sagte meine Mutti zum Onkel Peter, als er danach fragte. Noch so eine Lüge.

Er schüttelte unwillig den Kopf und ich bekam gleich Angst. Aber seit damals, als ich mein Lügenschwert gezückt hatte, kam er mir nicht mehr so nahe. Das Lügenschwert stand auch nach seiner Reise zwischen Onkel Peter und mir wie eine unsichtbare Wand. Natürlich machte ich mir nach wie vor Sorgen, er könnte die Lüge entdecken. Er könnte entdecken, dass Luise hier gewesen war, in seiner Wohnung. In *seiner* Wohnung, wie er immer betonte. „Wenn du dich weiter mit dieser Luise triffst, schmeiß ich dich aus meiner Wohnung mitsamt deinen depperten Stofftieren", hatte er einmal, das ist schon länger her, zu meiner Mutti gesagt. „Und dann kannst du sehen, wo du bleibst." Seine gefährlich gleichgültige Stimme, als sei meine Mutti ein Stück Holz von einem zerbrochenen Sessel. Ein Stück Holz, das man bei Gelegenheit entsorgt.

Immerhin drohte er ihr diesmal nicht mit dem Umbringen, wie schon öfter. Gleich nachdem er zurückgekehrt war von seiner Reise, sein Koffer war noch nicht ausgepackt, fickte er meine Mutti im Schlafzimmer, aber ohne besondere Aufregung. Sie stöhnte brav, sicher um sein Versagen zu verhindern. Ich kannte jetzt den Unterschied zwischen diesem Stöhnen und den langsamen leisen Seufzern, die sie bei der Umarmung mit Luise von sich gegeben hatte. Die Seufzer waren damals lange im Zimmer hängen geblieben. Das Stöhnen hingegen war immer sang- und klanglos vorbei, wenn Onkel Peter gespritzt hatte.

Mich konnte niemand mehr täuschen. Ich verstehe zwar nicht viel von dem, was die Menschen miteinander reden, und noch weniger von dem, was sie miteinander tun. Aber weil ich eben die Worte nicht so gut verstehe, verstehe ich umso besser die Gefühle, die sich in den Menschen verbergen, hinter ihren Worten und hinter ihren Handlungen. Mein Glück ist nur, dass alle glauben, ich bekomme gar nix mit. Alle außer Luise dachten so. Nur sie ahnte mein Geheimnis, und vielleicht noch meine Mutti. Warum sonst hat sie mir eine eigene Stimme gegeben, und sogar eine gewisse Eigenständigkeit? Ach, ich könnte ihr so viel erzählen. Aber fast glaube ich, ich werde es nie tun. Sie kommt nicht auf die Idee, mich nach ihrem Papa zu fragen oder nach ihrem Klavierlehrer. Und so erzähle ich halt alles Ihnen, ob Sie mir glauben oder nicht. Einmal muss ich es ja los werden.

Die Wahrheit ist, dass ich damals ständig Angst hatte, dass Onkel Peter meine Lüge eines Tages doch noch entdecken würde. Dass er draufkommen könnte, dass meine Mutti und Luise doch mehr als drei Worte miteinander wechselten. Dass sich meine Mutti und Luise sogar getroffen hatten, hier in *seiner* Wohnung, dass ich nicht neben einem unbedeutenden Stoffherz aus irgendeiner Auslage saß, sondern neben Luises Herz, hier in *seiner* Wohnung, und dass meine Mutti immer noch SMS an Luise schickte.

Die Katastrophe nahm ihren Anfang, als meine Mutti ihr ver-dammtes Handy im Schlafzimmer liegen ließ, mitten auf dem frisch gemachten Bett. „Ich geh nur schnell Brot kaufen", hörte ich sie zu Onkel Peter sagen und die Wohnungstür fiel zu. Ich konnte meinen Blick nicht von dem Handy lassen, es brannte in meinen Augen. Hätte ich mich nur bewegen können, ich wäre von dem Regal hinuntergesprungen, obwohl das für eine Hundedame wie mich ein gewaltiger Satz gewesen wäre. Ich hätte das Handy versteckt, notfalls verschluckt – war doch eh egal, bei allem, was schon in mich hinein-gestopft worden war. Aber ich bin ja dazu gezwungen, dort sitzen zu bleiben, wo ich hingesetzt werde. Hier heroben auf dem Regal, so weit weg von dem Handy wie vom siebenten Himmel oder von der Hölle, je nachdem wie Sie das sehen wollen.

Früher mal hatte mir meine Mutti eine Geschichte vorgelesen, die in einer Zeit spielte, als das Wünschen noch geholfen hat. Daran er-innerte ich mich in meiner verzweifelten Panik. Vielleicht half das Wünschen bei Stofftieren noch immer.

Ich wünschte mir, dass nicht gerade jetzt, mit einem lauten, lang gezogenen Piepen, ein SMS von Luise kommen sollte. Es kamen ja dauernd welche. Luise konnte natürlich nicht wissen, ob Onkel Peter gerade in der Wohnung war oder nicht. Und meine Mutti konnte halt nicht ohne Kontakt mit Luise sein, ich verstand das. Ich hatte ja immerhin ständig ihr Herz neben mir, damit war ich eigentlich ganz zufrieden. Was konnte eine alte zerfetzte Hundedame sonst schon erwarten?

Das Wünschen hat mir nicht geholfen. Das Handy piepte, langsam, laut. Es half mir auch nicht, mir zu wünschen, Onkel Peter sollte wenigstens nichts gehört haben. Schon stand er im Schlafzimmer, die Tür war offen gewesen. Er ging zum Bett. Er griff auf Muttis Handy. Er las die Nachricht. Zaghaft und ohne große Hoffnung wünschte ich mir noch, es sei keine Nachricht von Luise, sondern irgendwas Belangloses, alles wäre mir recht gewesen. Ich sah Onkel Peters aufgebauschten Wuschelkopf unter mir.

„Aha", sagte er nur. Langsam und ruhig. Und gefährlich.

Ich wusste alles, was passieren würde. Hilflos saß ich auf meinen Platz neben dem schlafenden Poldi.

Meine Mutti kam mit dem Brot zurück; ich sah sie durch die offene Schlafzimmertür.

Ich wollte ihr „Achtung!" zurufen. Aber der Schreck machte mich stumm, einerseits. Und andererseits hab ich ja keine Stimme ohne meine Mutti. Von stolzer Eigenständigkeit letztlich keine Spur. Im Gegenteil: Meine ganze Existenz schrumpfte auf das zusammen, was sie war: Zimmer-Schmuck.

„Du hast eine SMS bekommen", sagte Onkel Peter zu meiner Mutti. „Dein Handy liegt da auf dem Bett." Seine Stimme war ruhig. Unheilvoll ruhig. Mich ignorierte er völlig. Er hatte sich vor dem Bett aufgepflanzt. Meine Mutti kam ins Schlafzimmer, klein, mager, erschrocken. Wenn das Wünschen geholfen hätte – aber es half ja nicht – hätte ich meine Mutti auf der Stelle in Luft aufgelöst. Sie stand da, als würde sie auch selbst verschwinden wollen, als hätte sie selbst keine Stimme mehr. Sie sagte kein Wort. Sie machte einen Schritt auf das Bett zu, um das Handy zu ergreifen.

Onkel Peter kam ihr zuvor, tippte auf den Tasten herum und las ihr langsam und deutlich vor „Ich sehne mich so nach dir.' Wer schreibt denn meiner kleinen Tina so was Unanständiges?" Sie sagte kein Wort. Sie verschwand aber auch nicht.

Egal, was mit mir passiert wäre. Sie hätte auf der Stelle davonlaufen müssen. Aber sie rührte sich nicht vom Fleck. Auch nicht, als er ihr eine runterhaute, keine besonders feste. Eine von diesen Ohrfeigen, die er ihr manchmal so beiläufig zwischendurch gab, wie um sie zu erinnern, dass er alles bestimmte. Sie hätte einmal zurückschlagen sollen, auch wenn er viel größer war als sie. Um ihm zu zeigen, dass er nicht alles mit ihr tun konnte. Sie hätte um sich selbst kämpfen müssen, so wie sie manchmal um mich gekämpft hatte.

„Du wirst doch nicht eine SMS von dieser Luise bekommen haben ...", sagte er und seine Stimme schnitt durch die eiskalte Stille im Schlafzimmer. Ich schaute weg, zum Fenster hinaus, der Wind bewegte die Blätter der Baumkrone, die knapp in der Hälfte der Glasscheibe endete. Die Hochhäuser, die den Innenhof begrenzten, standen stumm dahinter. So viele andere Fenster, hinter denen andere Menschen lebten, die ich nie zu Gesicht bekommen hatte – keine Hilfe weit und breit.

„Nein, sicher nicht. Vielleicht ein Irrtum", piepste meine Mutti. Ein kläglicher Versuch, die Lüge weiterleben zu lassen. Die Lüge, die doch soeben geplatzt war, wie ein Spiegel, den man zerschlägt. Überall Glassplitter. Und mein glänzendes Lügenschwert – zerbrochen.

Die Wahrheit war zurückgekehrt in dieses Schlafzimmer. Man konnte ihr nicht entkommen.

„Ach", sagte Onkel Peter. Seine Stimme wie ein Unwetter. „Dann rufst du jetzt bitte diese Nummer zurück, da steht doch L Punkt, und du sagst genau das, was ich dir vorsage. Sonst wird es mit dir auf der Stelle ein böses Ende nehmen." Er drückte auf die Tasten des Handys. Dann hielt er noch einmal inne, trat auf meine Mutti zu und küsste sie auf die Stirn.

„Es stimmt doch, du liebst nur mich? Oder hast du mich auch da angelogen?"

„Natürlich, ich liebe nur dich", sagte meine Mutti, dünn und armselig. Das Schluchzen brach aus ihr heraus. „Wirklich. Ich liebe nur dich. Du weißt doch, ich kann ohne dich nicht leben. Tu mir nichts."

Sie hatte ihre letzte Chance vertan, Onkel Peter zu entkommen, das war mir klar. Sie hätte einfach weggehen müssen. Sie hätte mich und Poldi und das Herz von Luise hier oben sitzen lassen müssen. Sie hätte uns zurücklassen müssen und alles andere, was sie noch hatte. All ihre Schuhe zum Beispiel, die eine kleinere Ausgabe von Onkel Peters Schuhen waren. Aber wohin hätte sie barfuß gehen können? Zu Luise mit ihrem kleinen Kind? Dazu ist mir bis heute keine Antwort eingefallen.

„Du kannst ohne mich nicht leben? Wofür brauchst du mich denn?", fragte Onkel Peter hinterfotzig und triumphierend zugleich.

Meine Mutti schluchzte, wie ich sie nie gehört hatte. „Für alles", stieß sie wehrlos hervor, ich konnte es kaum verstehen. Ihr Gesicht war verzerrt, so viel hätte sie herauszuwürgen gehabt aus ihrer engen Brust. Zu viel. Alles blieb in dem krampfhaften Schluchzen stecken und dem verzweifelten Versuch, Fassung zu bewahren. Trotz allem verstehbare Worte auszusprechen. „Für alles. Ich brauche dich für alles. Um überleben zu können."

„Zum Ficken brauchst du mich auch, gib es zu! Kein anderer Mann kann dir geben, was ich dir geben kann. Und eine Frau schon gar nicht, gib es zu. Sag es!"

„Kein anderer Mann kann mir geben, was du mir geben kannst. Und eine Frau schon gar nicht." Sie wiederholte, was er ihr vorgesagt hatte, und sank erschöpft auf sein Bett. Ich wusste, dass sie schon wieder log. Ich wusste, dass ihr Luise etwas gegeben hatte, was er ihr nicht geben hatte können. Ihre Seufzer waren durch den Raum geschwebt wie ein schönes Musikstück. Ich hatte sie hören können, mit meinen großen Hundeohren. Es war alles vorbei. In diesem Moment, in dem meine Mutti auf das Bett sank und schlimmer aussah als ich je aussehen werde, war alles vorbei. Sie sah nicht nur zerfetzt aus wie ich, sie war zerstört, ohne jegliche Kraft.

Onkel Peter setzte sich neben sie. Legte einen Arm um sie, als würde er sie trösten wollen. Ich ließ mich nicht täuschen. Mich kann man nicht täuschen.

„Dann ist es ja gut, dann brauch ich dich ja nicht aus dem Fenster schmeißen", sagte Onkel Peter und streichelte meine Mutti. „Ruf jetzt diese Nummer L Punkt an."

Er drückte noch einmal auf die Tastatur und hielt das Handy an sein Ohr. Es hätte ja noch sein können, dass niemand abhob am anderen Ende. Aber nein. Mit einem siegessicheren Lächeln übergab er das Handy meiner Mutti.

„Sag ihr: ,Wir können uns nie mehr sehen!'", flüsterte er ihr zu.

Meine Mutti wurde ein anderer Mensch, als sie ins Telefon hinein wiederholte, was er ihr angeschafft hatte. Sie sagte es beherrscht, mit letzter Kraft, mit kalter Stimme. „Wir können uns nie mehr sehen."

Es entstand eine längere Pause, Mutti horchte, die Blässe ihres ganzen Lebens im Gesicht, was Luise am anderen Ende sagte. Und antwortete. „Es ist, weil ich Peter so liebe wie niemanden sonst auf der Welt."

Onkel Peter nickte ihr freundlich zu, die Locken seines Wuschelkopfes zitterten selbstgefällig.

„Ja, vielleicht bin ich auch ein bisschen abhängig von ihm. Kann sein. Aber ich brauche ihn und ich liebe ihn, es tut mir Leid, so ist es", sagte meine Mutti, ihre Augen waren auf Onkel Peter gerichtet. Er flüsterte ihr noch etwas ins Ohr, ich hörte es genau. Sein letzter Triumph.

„Und jetzt sag ihr noch: Und im Bett ist es sowieso total geil mit ihm."

Wenn ich bloß auf der Stelle sterben hätte können. Wenn ich bloß damals gestorben wäre, in dieser Schachtel mit den eckigen unbequemen Gegenständen. Wenn sie bloß das nicht zu Luise gesagt hätte! Ich hätte nie gedacht, dass sie so unbarmherzig sein konnte, zu sich selbst und zu Luise.

„Und im Bett ist es sowieso total geil mit ihm." Zurück blieb eine tonlose Stille wie nach einem unheimlichen Knall.

Wahrscheinlich war das das Letzte, was sie zu Luise sagte. *Ich* jedenfalls habe Luise nie wiedergesehen.

Onkel Peter nahm Muttis Handy an sich, er steckte es in die Brusttasche seines Hemdes. „Das brauchst du jetzt ja nicht mehr", sagte er. Dann drückte er meine kraftlose Mutti auf das Bett, so wie das ihr Papa manchmal gemacht hatte, und zog ihr die Hose hinunter ...

Ich hörte das Handy zwei- oder dreimal in seiner Brusttasche piepen. Er ignorierte es. Meine Mutti hörte es wahrscheinlich auch. Es wäre vielleicht noch einmal eine Möglichkeit für mich gewesen, zu schreien. Meine Mutti hätte mir nur noch einmal die Stimme leihen müssen. Und wenn ich mit meinem Leben dafür hätte büßen müssen, ich hätte davon Gebrauch gemacht.

Epilog

Ich lebe noch immer. Ja. Ich habe alles überlebt. Meine Mutti auch. Zuerst ist sie krank geworden, ziemlich lange. Probleme mit dem Magen, hieß es. Onkel Peter war sehr fürsorglich in dieser Zeit. Sie hat aufgehört, im Kindergarten zu arbeiten. Sie hat auch keine andere Arbeit mehr angenommen. Sie hat kein Handy mehr bekommen. Es war nicht notwendig. Onkel Peter wusste jetzt noch besser als früher, was sie machte und wo sie sich gerade aufhielt und warum. Ein freier Mensch ist meine Mutti bis heute nicht. Aber sie gestaltete die Wohnung komplett um, dafür lobte sie der Onkel Peter oft.

Sie begann zu malen, bunte wirre Bilder, auf denen ich nichts erkennen kann. Und beim Malen hat sie manchmal gesungen, nur habe ich mich nicht mehr davon verzaubern lassen. Sie wurde mir immer ähnlicher. Sie machte ein lustiges Gesicht und konnte sich doch nicht bewegen. Noch schlimmer: Sie wurde Poldi immer ähnlicher, meinem dauerschlafenden Kompagnon. Am meisten fiel mir das auf, wenn sie am Fenster saß und hinausschaute und dabei gedankenverloren über die Narbe auf ihrem Unterarm strich, von der ich bis heute nicht weiß, woher sie die hat. Ich traute mich nie zu fragen. Ich rede überhaupt nicht mehr besonders viel.

Ich habe – wie meine Mutti – auch zu malen begonnen, natürlich nur in Gedanken. Ich habe andere Dinge gemalt als sie – nur in schwarz-weiß, wie mein Hundefell einmal war und wie sich Licht und Schatten abwechseln. Meine schönsten Bilder sind dunkle Vogelschwärme, die über helles Wasser fliegen. Sie fliegen gleichzeitig in der Luft und gleichzeitig schwimmen sie im Wasser. Man weiß nicht, wo sie gerade wirklich sind.

Luises Herz schlägt nach wie vor unbeirrt zwischen uns allen. Ich weiß nicht, ob sie jemals erfahren hat, dass sie meine Mutti durch eine schäbige Lüge verloren hat. Ich weiß auch nicht, ob Luise überhaupt noch an mich denkt.

Don't touch!
Pia Falcioni
Technik: Pastellkreide, Gouache;
Format: 80 x 80 cm

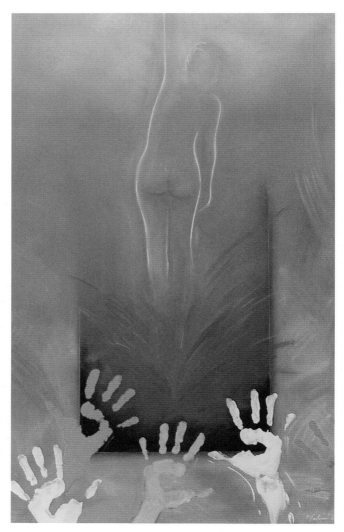

Give me a hand!
Pia Falcioni
Technik: Pastellkreide, Gouache; Format: 100 x 62 cm

Nachwort
Information zum sexuellen Missbrauch
Zusammenstellung von Eva Mückstein aus Texten und Materialien
österreichischer und deutscher Kinderschutzeinrichtungen.

Was ist sexuelle Ausbeutung?

Sexuelle Ausbeutung schließt jede Handlung ein, die mit der Absicht verbunden ist, ein Kind für die sexuelle Erregung entweder des Täters oder einer anderen Person zu benutzen. Sexuelle Misshandlung geschieht häufig ohne jegliche körperliche Gewaltanwendung. Aber die stets vorhandene Abhängigkeit des Kindes vom Erwachsenen und die Ausbeutung der Zuneigung des Kindes zur Befriedigung der sexuellen Bedürfnisse des Erwachsenen hat immer etwas mit psychischer Gewaltanwendung (Zwang) zu tun. Zentral ist dabei die Verpflichtung zur Geheimhaltung, die das Kind zu Sprachlosigkeit, Wehrlosigkeit und Hilflosigkeit verurteilt.

Um sich gut entwickeln zu können brauchen Kinder Liebe, Zuwendung, Geborgenheit, Zärtlichkeit, Schutz und Sicherheit. Darauf sind Kinder angewiesen, darauf vertrauen sie und dafür sind sie bereit, fast alles in Kauf zu nehmen. Kinder versuchen in der Regel den Wünsche und Bedürfnissen von Erwachsenen zu entsprechen, um deren Liebe, Zuwendung und Anerkennung zu erhalten. Missbraucht ein Erwachsener ein Kind sexuell, so benützt er in der Regel genau diese kindlichen Bedürfnisse, die Liebe oder die Abhängigkeit eines Kindes, um seine eigenen Bedürfnisse nach sexueller Befriedigung, Unterwerfung, Macht oder Nähe mit Gewalt durchzusetzen. Damit schädigt er die Seele des Kindes und gefährdet seine psychische, soziale und sexuelle Entwicklung.

Sexueller Missbrauch kann schon mit Blicken und Worten beginnen und reicht von Berührungen, Küssen, Zeigen von pornographischen Fotos, Aufforderung zum Anfassen der Geschlechtsteile, Berühren des Körpers und der Geschlechtsteile des Kindes bis hin zu schweren Übergriffen wie das Einführen von Fingern und Gegenständen, der Zunge oder des Penis in den Mund, die Scheide und den After des Kindes. Mädchen und Buben werden gezwungen, lüsterne Blicke und anzügliches Reden zu ertragen, Zungenküsse zu geben, sich nackt zu zeigen, sich berühren zu lassen, den Missbraucher nackt zu sehen und ihn anzufassen, Pornographie anzusehen, bei Pornoaufnahmen mitzumachen, den Erwachsenen mit der Hand oder dem Mund zu befriedigen, Mädchen und Buben werden vergewaltigt, anal, oral oder vaginal mit Fingern, Gegenständen oder dem Penis. Dies sind nur einige Beispiele. Darüber hinaus werden Mädchen und Buben zu allen vorstellbaren – manchmal auch unvorstellbaren – Praktiken gezwungen.

Für viele Mädchen und Buben gehört der sexuelle Missbrauch zum Lebensalltag. Sexualisierte Gewalt kommt derart häufig vor, dass man davon ausgehen kann, in jeder Kindergartengruppe, in jeder Schulklasse, in jeder Nachbarschaft oder Verwandtschaft Kinder zu finden, die missbraucht werden. Opfer sexueller Gewalt sind überwiegend Mädchen, aber auch Buben werden sexuell missbraucht. Nicht selten sind schon sehr kleine Mädchen und Buben betroffen, denn auch Säuglinge und Kleinkinder werden sexuell ausgebeutet. Der überwiegende Teil der Täter sind Männer. Seltener erleiden Mädchen und Buben auch durch Frauen sexuelle Gewalt. Die Täter sind meist Personen, die das Kind kennt, denen es vertraut, wie etwa ein Freund der Familie, der Kollege des Vaters, der Nachbar, der Vater der besten Freundin, der Erzieher, der Lehrer, der Pastor, der Kinderarzt, der Jugendgruppenleiter, der Sporttrainer, der Babysitter usw. Ein weiterer

Teil der Täter kommt aus der Familie: der Vater, Stiefvater oder Partner der Mutter, der Opa, der Onkel, der ältere Bruder.

Sexualisierte Gewalt durch Fremde kommt vergleichsweise seltener vor. In der Realität ist das Risiko höher, dass die Mädchen und Buben im Verwandten- und Freundeskreis sexuell ausgebeutet werden. Man sieht es keinem Menschen an, ob er Kinder missbraucht.

Viele Leute vermuten, der sexuelle Missbrauch sei für den Täter ein „einmaliger Ausrutscher". Aber der Täter handelt in den seltensten Fällen spontan. Vielmehr plant und organisiert er bewusst Gelegenheiten, um sich Mädchen und Buben zu nähern. Manche Missbraucher suchen sich eigens einen erzieherischen Beruf oder eine entsprechende Freizeitbeschäftigung, um an ihre Opfer heranzukommen. Dabei missbrauchen sie meist nicht nur ein Kind, sondern mehrere, entweder gleichzeitig oder in Folge.

Der sexuelle Missbrauch kann über lange Zeit andauern, besonders, wenn er in der Familie stattfindet. Manche Mädchen und Jungen werden über viele Jahre hinweg missbraucht, wobei sich meist der Grad der Gewalttätigkeit und die Intensität der sexuellen Übergriffe steigert. Fast alle Täter missbrauchen immer wieder Mädchen und Buben, so als wären sie süchtig danach. Gleich welche Ausreden sie auch immer finden, sie sind für ihr Tun voll verantwortlich. Kinder tragen niemals die Verantwortung für einen sexuellen Übergriff.

Missbrauchte Kinder werden vom Täter meist mit schrecklichen Drohungen und Einschüchterungsmaßnahmen zur Geheimhaltung gezwungen. Außerdem fällt es vielen Kindern schwer, das missbräuchliche Verhalten von Erwachsenen anders als mit einem „unangenehmen Gefühl" oder mit „da stimmt etwas nicht" zu bezeichnen. Kindern fehlt für diese unfassbaren Vorgänge häufig die sprachliche Ausdrucksfähigkeit, weil diese noch außerhalb ihres Erfahrungsbereiches liegen. Das alles führt leider noch immer allzu oft dazu, dass sexueller Missbrauch im Verborgenen bleibt.

Zur Dimension des Problems und seinen Ursachen

Letztgültige Zahlen wird es dazu niemals geben, da die Geheimhaltung dazu führt, dass die Dunkelziffer immer beträchtlich bleiben wird. Wissenschaftlich gesicherte internationale Studien gehen jedoch von einer Häufigkeit bei Mädchen von 10 bis 15 Prozent und 5 bis 10 Prozent bei Buben aus. Das sind jene Kinder, die bis zum Alter von 14 oder 16 Jahren mindestens einmal einen unerwünschten oder durch Gewalt erzwungenen sexuellen Körperkontakt erlebt haben.

Die Untersuchungen zu den Ursachen des sexuellen Missbrauchs liefern sehr unterschiedliche Erklärungsmodelle. Moderne Untersuchungen gehen davon aus, dass sexuelle Gewalt nicht in der Sexualität begründet ist, sondern dass sexueller Missbrauch ein Machtphänomen darstellt. Den Tätern geht es darum, sich überlegen zu fühlen, zu demütigen, zu strafen, Wut abzulassen oder die eigene Männlichkeit zu beweisen. Sexuelle Gewalttaten sind eine Möglichkeit, männliche Machtinteressen durchzusetzen. Das führt dazu, dass sexualisierte Gewalt im gesellschaftlichen Kontext der Machtstrukturen zwischen den Geschlechtern analysiert werden muss. Aus feministischer Sicht ist sexuelle Gewalt durch die patriarchale Struktur einer Gesellschaft bedingt.

Eine Reihe wissenschaftlicher Untersuchungen untermauert diese Annahme. Sexueller Missbrauch und Vergewaltigungen sind dort häufiger, wo Frauen hinsichtlich ihrer ökonomischen und politischen Stellung benachteiligt sind und eine traditionelle Rollenverteilung zwischen den Geschlechtern vorherrscht. Das Risiko, Opfer sexueller Gewalt zu werden, ist in patriarchal strukturierten Familien höher als in Familien, in denen Frauen und Mädchen weniger in die traditionelle Geschlechterrolle gedrängt werden.

Welche Folgen kann sexualisierte Gewalt haben?

„Bei Erwachsenen greift wiederholtes Trauma eine bereits geformte Persönlichkeit an, bei Kindern dagegen prägt und deformiert wiederholtes Trauma die Persönlichkeit. Das Kind, das in der Missbrauchssituation gefangen ist, muss ungeheuerliche Anpassungsleistungen erbringen. ... Die pathologische Umgebung, die mit der Missbrauchssituation in der Kindheit besteht, erzwingt die Entwicklung außergewöhnlicher Fähigkeiten, die gleichermaßen kreativ wie destruktiv sind." (Judith Herman, 2003)

Sexualisierte Gewalterfahrung kann zu einer Vielzahl verschiedener kurz- und langfristiger Folgen und Schäden führen. Viele Betroffene bleiben ihr Leben lang durch die Missbrauchserfahrungen geprägt und belastet. Die Folgeschäden sind in der Regel umso schwerwiegender, je
* größer der Altersunterschied zwischen Täter und Opfer ist;
* größer die verwandtschaftliche Nähe ist;
* länger der Missbrauch andauert;
* jünger das Kind bei Beginn des Missbrauchs ist;
* mehr Gewalt angedroht oder angewendet wird;
* vollständiger die Geheimhaltung;
* weniger schützende Vertrauensbeziehungen existieren.
Die grundlegende Missachtung seines Willens und die (fortgesetzte) Verletzung seiner körperlichen Integrität konfrontieren das Kind mit Gefühlen der Ohnmacht und des Ausgeliefertseins. Das Klima tiefgreifender gestörter Beziehungen schafft für das Kind ungeheuer schwierige Entwicklungsbedingungen. Das kindliche Opfer kann vor sich selbst den Anschein der Normalität manchmal nur noch dadurch wahren, dass es veränderte Bewusstseinszustände, Gedächtnisausfälle und andere sogenannte dissoziative Symptome produziert. Nicht im-

mer gelingt es dem Kind, die Realität des Missbrauchs zu leugnen. In diesem Fall wird das Kind ein Denksystem konstruieren, dass den Täter rechtfertigt. Unweigerlich sucht es nun die Schuld und das Schlechte in sich selbst. Daraus resultieren Scham-, Schuld- und Wertlosigkeitsgefühle. Sexualisierte Gewalt ist immer auch ein massiver Angriff auf die Körperlichkeit. Opfer von Kindesmissbrauch entwickeln sehr häufig psychosomatische Symptome und selbstverletzendes Verhalten. Hierbei können die Gefühle des Beschädigt- und Ausgestoßenseins besonders leidvoll erlebt werden und in die Isolation führen.

Wenn Kinder Erwachsene werden ... – zu den Langzeitfolgen

Das Erwachsenwerden bedeutet leider nicht immer die gewünschte Befreiung. Die Opfer von Kindesmissbrauch sind bei der Bewältigung von Entwicklungsaufgaben in vielfacher Weise behindert. Wahrnehmung und Gedächtnis, Identität und die Fähigkeit, stabile Beziehungen einzugehen können beeinträchtigt sein. Aufgrund ihrer großen Sehnsucht nach Liebe und Geborgenheit fällt es ihnen schwer, sich innerhalb intimer Beziehungen angemessen zu schützen und angemessene Grenzen zu ziehen. Als langfristige Folgen sexualisierter Gewalt von Kindern und Jugendlichen treten im Erwachsenenalter häufig auf:

* Beziehungs- und Partnerschaftsprobleme, Probleme in der Sexualität;
* Störungen in der Wahrnehmung eigener Gefühle;
* Gefühl der Wertlosigkeit, Scham und Schuldgefühle;
* Ablehnung des eigenen Körpers und selbstverletzendes Verhalten;
* Sexualisierung von Beziehungen;
* Störung der Sexualfunktionen;
* Erhöhtes Risiko für depressive Störungen;
* Gefühle, außerhalb des eigenen Körpers zu sein (Dissoziation);
* Alkohol- und Drogenmissbrauch;

* Angstzustände, Albträume;
* Schlaf- und Essstörungen;
* Psychosomatische Beschwerden.

Wer sind die Täter?

Rund 90 Prozent der Täter sind Männer und ca. 10 Prozent Frauen. In der Öffentlichkeit besteht eine weit verbreitete, aber falsche Vorstellung vom so genannten „Triebtäter". Dieser Auffassung stehen Untersuchungen entgegen, die belegen, dass Missbrauchstäter sehr oft ganz normale Männer sind, ohne psychisch krankhafte Befunde, die genau wissen, was sie tun und ihre sexuell motivierten Gewalttaten sorgfältig planen, um nicht ertappt zu werden.

Bei der Auswahl der Opfer gehen die Täter in der Regel strategisch vor. Gefährdeter sind Kinder, die weniger selbstbewusst, etwa schüchtern, sozial oder emotional vernachlässigt oder isoliert erscheinen. Opfer werden allerdings auch Kinder, die als offen, freundlich und vertrauensvoll beschrieben werden. Mit Hilfe von Schmeicheleien, besonderer Zuwendung oder auch Geschenken gewinnen sie die Freundschaft des Kindes und nehmen gern die väterliche Rolle oder die eines Ratgebers ein.

Manchmal werden auch die Eltern in die Beziehung einbezogen, mit dem Ziel, die Eltern in Sicherheit zu wiegen. Mit deren Genehmigung treffen sie das Opfer; die Eltern ahnen nichts, weil sie den Täter für „kinderlieb" halten. Vor allem Pädophile suchen gezielt die Beschäftigung in der Jugendarbeit: Jugendhilfeorganisationen, Jugendverbände und Beratungsstellen, Kirche, Schule, Therapieeinrichtungen.

Sexualisierte Gewalt ist in allen Gesellschaftsschichten vertreten und es lässt sich keine spezielle soziale Herkunft feststellen. Es handelt sich keinesfalls um ein Problem der sozial Schwachen oder geringer Gebildeten.

Untersuchungen haben keine einheitliche oder „typische" Täterpersönlichkeit ergeben. Sie sind weder psychisch, noch im Sozialverhalten in irgendeiner Weise auffällig, im Gegenteil, sie sind eher unauffällig und angepasst.

Vorbeugen und helfen

Das Ziel von Prävention ist letztlich die Verhinderung von sexuellem Missbrauch an Kindern und Jugendlichen.

Ein anderes Ziel ist die Beendigung akuter Übergriffe und der Schutz des Kindes vor weiteren Gewalthandlungen und fortgesetzten Traumatisierungen.

Die Präventionsarbeit mit Kindern muss bewusstseinsbildend wirken und soll Kinder in ihrem Selbstvertrauen und ihrer Selbständigkeit stärken. Im Zentrum steht die Fähigkeit, sexuellen Missbrauch und Übergriffssituationen zu erkennen, einzuordnen und zu benennen. Selbstbewusste Kinder können sich besser abgrenzen und bedrohliche Situationen eher benennen. Für wirkungsvolle Hilfe ist es allerdings unbedingt erforderlich, dass es im Umfeld des Kindes Personen gibt, zu denen das Kind Vertrauen haben kann. Die Verantwortung für den Schutz der Kinder und Jugendlichen tragen immer die Erwachsenen. Deswegen ist die Information und Sensibilisierung, insbesondere für eine Erziehung zur Selbstbestimmung, durch Eltern und pädagogische Einrichtungen zur Vorbeugung ganz besonders wichtig. Leider sind aber Aufklärungs- und Präventionsprogramme noch immer nicht selbstverständlicher und verpflichtender Bestandteil von Lehr- und Bildungsplänen.

Was tun, wenn ein Verdacht besteht?

Wenn Eltern oder andere Vertrauens- und Bezugspersonen den Verdacht haben, dass ein Kind sexuell missbraucht wird, dann ist die

Inanspruchnahme von professioneller Hilfe unbedingt anzuraten! Das Kind sollte nicht bedrängt oder gar „verhört" werden. Außerdem sollte alles vermieden werden, was dem Kind das Gefühl geben könnte, es habe selbst Schuld an den sexuellen Übergriffen.

Wege zur Genesung ...

„Das Opfer muss unter anderem wieder lernen zu vertrauen, autonom zu handeln, selbst die Initiative zu ergreifen, lebenstüchtig zu werden, eine eigene Identität zu entwickeln und enge Beziehungen einzugehen." (Judith Herman, 2003). Die Überwindung eines Traumas erfordert das eigenverantwortliche Hinarbeiten auf eine Heilung. Unabhängig davon, ob dieser Weg in einer Psychotherapie oder in anderen vertrauensvollen Beziehungen beschritten wird, müssen bei der Bearbeitung einer Missbrauchserfahrung Ohnmachtsgefühle und Kontrollverlust besiegt und die eigenen Stärken und Möglichkeiten wieder entdeckt und neu entwickelt werden. Ein solcher Verarbeitungsprozess gleicht manchmal einer Berg- und Talfahrt und verlangt den Betroffenen ungeheuer viel Geduld, Selbstliebe und Mut ab. Das bewusste Erinnern und Rekonstruieren des Traumas mit Unterstützung von Vertrauenspersonen, die sich zur „Zeugenschaft" bereit finden, ist die Grundlage für die Bewältigung einer Missbrauchserfahrung.

Schematisch dargestellt vollzieht sich ein solcher Genesungsprozess in drei Phasen. In der ersten Phase gilt es, eine sichere Umgebung und vertrauensvolle Beziehungen zu schaffen, zu stabilisieren und an den eigenen Stärken und Möglichkeiten zu arbeiten. Traumatische Erfahrungen können erst dann gut be- und verarbeitet werden, wenn sie erinnert, durchlebt und angemessen betrauert werden. Das Trauern und Wüten über das Unerfüllte und Verlorene ist ein unverzichtbarer Teil in der zweiten Phase des Verarbeitungsprozesses. Gleichzeitig ist es im nächsten Schritt von grundlegender Bedeutung, dass das Opfer kämpfen lernt. Die Bewältigung einer sexualisierten Gewalterfahrung erfordert die Fähigkeit, sich abzugrenzen, ein gesundes Maß an Aggressivität und angemessene Selbstbehauptungsstrategien zu entwickeln. Das ehemalige Opfer muss bereit und in der Lage sein, sich und den eigenen Körper selbstbewusst und selbstbestimmt zu verteidigen. In allen Belangen des Lebens muss bewusst daran gearbeitet werden, die Kontrolle über sich und sein Leben wieder zu erlangen. Letztlich erfordert die Auflösung des Traumas auch die Aussöhnung mit sich selbst und die liebevolle und achtsame Hinwendung zur eigenen Person und zum eigenen Körper. Manche Opfer finden die Heilung auch in einer konkreten Aufgabe, z. B. im sozialen Engagement für ähnlich Betroffene.

Eva Mückstein

Dr. Eva Mückstein ist Psychotherapeutin und Klinische Psychologin sowie Präsidentin des Österreichischen Bundesverbandes für Psychotherapie. Sie lebt und arbeitet in Bad Vöslau und Wien. Ihre Schwerpunkte liegen in der psychotherapeutischen Behandlung von Erwachsenen und Kindern, sowie in der psychologischen Diagnostik und psychologischen Begutachtung von Kindern und Jugendlichen in familienrechtlichen Angelegenheiten.

Basisliteratur

Amann, Gabriele; Wipplinger, Rudolf: Sexueller Missbrauch. Überblick zu Forschung, Beratung und Therapie. Ein Handbuch. Dgvt-Verlag, Tübingen, 2005.

Bass, Ellen; Davis, Laura; Ayche, Karin: Trotz allem. Wege zur Selbstheilung für Frauen, die sexuelle Gewalt erfahren haben. Orlanda Frauenverlag, 2006.

Enders, Ursula (Hrsg.): Zart war ich, bitter war's. Handbuch gegen sexuellen Missbrauch. Kiepenheuer und Witsch, 2003.

Hermann, Judith: Die Narben der Gewalt. Traumatische Erfahrungen verstehen und überwinden. Junfermann Verlag, 2003.

Rachut, Ellen und Rachut, Siegfried: Folgen sexueller Gewalt. Verstehen lernen – helfen lernen. Helmer Verlag, 2004.

Reddemann, Luise: Imagination als heilsame Kraft. Zur Behandlung von Traumafolgen mit ressourcenorientierten Verfahren. Pfeiffer bei Klett-Cotta, 2007.

Wirtz, Ursula: Seelenmord. Inzest und Therapie. Kreuz Verlag, 2005.

Weitere Bücher der „Edition Weinviertel":

ESCHER ELISABETH: „Ein Herz für Hercules. Eine frivole Kriminalgeschichte", Broschur, 124 Seiten

ESCHER ELISABETH: „... so viel Liebe auf Papier", Gedichte. Engl. Broschur, 66 Seiten

GÜNTSCHL HELGA: „Auf gläsernen Trommeln" Gedichte, Broschur, 100 Seiten, 5 Farbbilder

HOFER-RIFFLER YVONNE: „Verschollen in Brasilien. Ein Roman nach wahren Begebenheiten", gebunden, 332 Seiten, 13 sw-Fotos

HOFER-RIFFLER YVONNE: „Freiheit hinter Milchglasscheiben. Eine zeitgeschichtliche Erzählung". Broschur, 204 Seiten

MOOS ROJKA AGNES: „Ach, wie gut, dass niemand weiß ..." Roman, gebunden, 578 Seiten

MOOS ROJKA AGNES: „Wo die Blumen sind. Gedichte", Broschur, 172 Seiten

MOSER-ROHRER HERMINE: „Zimzum. Roman", Broschur, 174 Seiten

NEUMAYER ELISABETH/AMBICHL MARGRET: „Aufbruch nach Fantasurien. Etwas andere Geschichten – geschrieben zu Bildern von Margret Ambichl", gebunden, 103 Seiten, 14 Farbbilder

RAFAEL JULIA: „In Bruchstellen reift das Harz. Gedichte", Engl. Broschur, 76 Seiten

SIBERA JOHANNA: „Herzklappern", Engl. Broschur, 82 Seiten

SUKUP MARIA: „Die Wege, die wir gehen ...", Broschur, 108 Seiten

SUKUP MARIA: „Bunt wie die Farben des Regenbogens" Broschur, 204 Seiten, 10 Farbfotos von Markus Springer

---

„Edition Weinviertel"

A 3482 Gösing/Wagram, Hauptstr. 47   Tel. & Fax: (+43) 02738/8760

edition.weinviertel@utanet.at   *www.edition-weinviertel.at*